KB272290

우리는
느리고 특별한
아이를 키웁니다

일러두기

본문에 등장하는 인물은 모두 가명을 사용했습니다.

우리는 느리고 특별한
아이를 키웁니다

김지아, 이소희 지음

SIGONGSA

프롤로그

막막한 터널을 걷고 있을 당신에게

아이를 키운다는 건 커다란 기쁨 사이사이 작은 걱정을 끊임없이 마주하는 일이라고 합니다. 저에게 있어 그 걱정은 '발달 지연'이라는 낯선 단어로 찾아왔습니다. 처음 그 단어를 마주한 날, 세상이 멈춘 듯 비현실적으로 느껴지기만 했습니다. 막막함 속에서 제가 가장 먼저 한 일은 자책이었습니다. '내가 무지해서 골든 타임을 놓친 건 아닐까?' 저는 스스로를 더 깊이 다그치고 있었습니다.

이 책은 5년간 그 막막한 터널 속에서 내디딘 발자국을 기록한 것입니다. 병원에서는 그저 "조금 더 지켜보자."라고 말했고, 주변에서는 "때 되면 다 할 거야."라고 위로할 뿐이었습니다. 구체적으로 어떤 병원에 가야 하는지, 곧 닥쳐올 보험사와의 싸움에서 어떻게 아이를 지켜야 하는지 알려 주는 사람은 없었습니다. 고립 속에서 저는 깨달 았습니다. 모르는 것이 죄는 아니지만, 아이 앞에서 모르 는 채로 머무는 건 무서운 일이라는 것을 말입니다.

저는 전문가가 아닙니다. 그저 아이를 지키기 위해 밤새 인터넷을 뒤지고, 보험 약관을 외우며 결국 보험 설계사 자격증까지 딴 '투사'일 뿐입니다. 이 책에는 제가 직접 몸 으로 부딪치며 배운 실질적인 정보를 담았습니다. 발달 검 사의 종류부터 바우처 신청 방법, 그리고 보험사의 부당한 의료 자문에 대응하는 법까지, 제가 겪은 시행착오가 당신 의 시간을 조금이라도 아껴 줄 수 있기를 바라며 펜을 들 었습니다.

한편으로는 이 책이 단순한 정보 전달에만 그치지 않기 를 바랍니다. 아이의 치료를 위해 백방으로 뛰던 때, 치료 가 가장 필요했던 사람은 불안과 우울에 무너진 저 자신이 었습니다. 아이를 기다려 주는 시간만큼이나 부모인 나 스 스로를 돌보는 용기 또한 중요합니다. 이 기록을 통해 그 러한 이야기도 전하고 싶습니다.

2025년 봄, 준이는 마침내 언어 치료에 마침표를 찍었 습니다. 여전히 감각 통합 치료라는 여정이 남아있지만,

이제는 더 이상 겁나지 않습니다. 아이는 반드시 자기만의 속도로 성장하며, 그 곁을 지키는 부모 또한 아이와 함께 더 단단한 사람이 됨을 믿기 때문입니다.

지금 이 순간에도 아이의 잠든 얼굴을 보며 미안함에 눈물짓고 있을 당신에게 이 책을 바칩니다. 당신 잘못이 아닙니다. 그리고 당신은 혼자가 아닙니다. 이 기록이 당신의 싸움에 든든한 길동무가 되어 주길, 그리고 우리 아이들이 각자의 계절에 스스로 피어날 때까지 서로 따뜻하게 손을 잡아 주며 연대하길 소망합니다.

김지아

프롤로그

세상을 다시 배우고 있는 한 가족의 이야기

"자폐 스펙트럼이 맞네요."

의사 선생님은 아주 담담하게 말했습니다. 아무 일도 아니라는 듯한 목소리였습니다. 그 말을 듣고 조용히 고개를 끄덕인 뒤 병원을 나왔습니다. 생각보다 조용하게 시간이 지나갔습니다. 눈물이 터지지도 않고, 세상이 무너지는 것 같지도 않았습니다. 오히려 이상할 만큼 마음이 차분했습니다.

사실 저는 이미 오래전부터 알고 있었는지도 모릅니다. 발달이 조금 늦다는 말을 처음 들었을 때부터 저는 늘 긴장 속에 있었습니다. 다른 아이들은 자연스럽게 하는 것들을 우리 아이는 하나하나 천천히 배워야 했습니다. 말이 늦었고, 눈을 마주치는 시간이 짧았고, 이름을 불러도 돌아보지 않을 때가 있었습니다. 그때마다 저는 괜찮다고 스스로를 설득했습니다. 아이마다 속도가 다르다고, 조금 늦을 뿐이라고. 하지만 마음 한편에서는 늘 같은 질문이 반복되고 있었습니다.

'혹시 우리 아이가…?'

그래서인지 진단명을 들었을 때 어쩐지 고개를 끄덕이게 되었습니다. 마치 오래 전부터 알고 있던 답을 누군가가 다시금 확인해 준 것처럼.

병원에서 집으로 돌아오는 길에 창밖을 한참 바라보았습니다. 세상은 아무 일도 없다는 듯 흘러가고 있었습니다. 처음으로 이런 생각을 했습니다.

'이제부터가 시작이구나.'

발달이 조금 느린 아이를 키운다는 것은 많은 것을 새롭게 배우는 일입니다. 치료실을 찾는 방법, 학교를 선택하는 방법, 아이의 마음을 이해하는 방법, 모두 처음부터 배워야 했습니다.

그래서 이 책을 쓰게 되었습니다. 이 책에는 제가 아이와 함께 걸어온 시간들이 담겨 있습니다. 그리고 그 시간 동안 애쓰며 찾고, 정리하고, 발로 뛰어 모았던 정보들을 가능한 한 이해하기 쉽게 정리해 두었습니다. 이 정보들이 길잡이가 되어 부모님들이 조금 덜 헤매기를 바랍니다. 끝없이 인터넷을 헤매고 밤늦게까지 커뮤니티에서 게시물을 읽는 시간을 조금이라도 줄이는 데 도움이 되어, 아낀 시간만큼 아이의 눈을 더 오래 바라볼 수 있기를 바랍니다.

이 책은 조금 다른 속도로 자라는 아이를 사랑하게 된 한 부모의 기록입니다. 그리고 그 아이와 함께 세상을 다시 배워가는 한 가족의 이야기입니다. 우리 아이들은 조금 다른 속도로 자랍니다. 하지만 그 아이들과 함께 살아가는 시간은 생각보다 빠르게 지나갑니다. 그래서 저는 이 시간을 놓치지 않으려고 합니다.

이소희

차례

3장. 그래도 우리는 계속 나아간다

1부

느린 아이,
준이

1장

아무도 알려 주지 않았기에
내가 시작한 기록

너와의 첫 만남

결혼 전부터 내 곁엔 늘 '자궁경부이형성증'이라는 불청객이 있었다. 꾸준히 추적 검사를 하며 관리해 왔지만, 아이를 갖기로 결심한 순간 이 질환은 전혀 다른 무게로 다가왔다. 혹시나 병이 진행될 수도 있으니 임신을 서두르는 것이 좋겠다는 의사 선생님의 단호한 권유는 마음 한편에 조급함을 심어 주었고, 나는 아직 아이를 맞이할 시간이 조금 더 필요했던 남편을 설득해 조심스럽게 임신을 준비해 나갔다.

과정이 마냥 매끄럽기만 한 것은 아니었다. 배란유도제 부작용으로 응급실을 찾기도 했고, 나팔관 조영 검사 후 예상치 못한 결과에 마음을 졸이며 병원 복도에서 눈물을 훔치기도 했다.

우리는 시험관 시술을 택할 수밖에 없었고, 다행히 아이는 우리에게 예상보다 빨리 찾아와 주었다. 임신성 당뇨로 식단을 조절해야 해서 어려움도 겪었지만, 초음파 속 아이가 움직이는 것을 보면 기꺼이 견딜 수 있었다.

2018년 2월 겨울의 끝자락, 2.68킬로그램으로 준이가 세상에 나왔다. 힘찬 울음소리가 수술실에 퍼지던 순간, 왠지 모르게 그 소리가 다른 아이들과는 조금 다르다고 느껴져 불안이 스치기도 했다. 하지만 곧 아이가 건강하다는 소식을 전해 들었고, 나는 안도의 눈물을 흘리며 비로소 긴장을 내려놓았다.

수술 다음 날, 몸을 가누기 힘든 통증 속에서도 나는 이를 악물고 침대에서 일어났다. 식은땀이 흐르고 숨이 찼지만, 오직 아이를 빨리 만나고 싶다는 마음으로 움직였다. 신생아실 유리창 너머로 준이의 맑은 얼굴을 마주하며 나는 마음속 깊이 약속했다. 앞으로 어떤 어려움이 찾아와도 준이의 엄마로서 기꺼이 이겨내겠노라고.

아이만의 속도

태어난 직후 받은 신생아 기본 검진에서는 큰 이상이 발견되지 않았다. 다만 신장이 약간 크다는 이유로 정기 검진을 권유했다. 짧은 문장 하나에도 마음이 요동쳤다. 하지만 차근차근 이어진 추적 검사에서 다행히 신장이 정상 크기로 줄어들었고, 더 이상 문제되지 않았다. 그 과정을 지나며 깨달았다. 아이를 키운다는 건 커다란 기쁨을 끌어안고 작은 걱정을 끊임없이 마주하는 일이라는 것을.

준이는 그렇게 조금씩, 그러나 무럭무럭 자라났다.

뒤집기는 또래보다 늦었지만, 첫 뒤집기를 성공한 바로 다음 날 되집기까지 해냈다. 자신이 늦었다는 것을 아는 듯, 단숨에 따라잡는 모습이었다. 그 작은 몸이 반듯하게 뒤집혔다 되돌아오는 순간, 방 안에 웃음소리가 번졌다. 나는 아이가 만들어 내는 변화 앞에서 놀랍고 벅찬 마음을 느꼈다.

몸을 가누게 된 아이는 얼마 지나지 않아 혼자 앉기 시작했고, 집 안 가득 옹알이가 울려 퍼졌다. 때로는 귀가 아플 정도로 시끄러웠지만, 그 시끄러움이 내겐 세상에서 가장 사랑스럽게 느껴졌다. 피곤에 지쳐 있던 밤에도, 아이의 옹알이는 나를 웃게 만들었다. 치아는 또래보다 늦게 올라왔지만, 작은 잇몸 사이로 하얀 이가 삐죽 올라오는 모습을 볼 때마다 나는 '느리더라도 결국 자라나는구나.'라는 사실에 안도했다.

준이는 또래보다 체구가 작은 편이었다. 입이 짧아 먹는 양이 많지 않았고, 남편의 체질을 닮은 듯 몸무게는 늘 하위권에 머물렀다. 키는 평균 수준을 유지했지만, 체중이 적다는 사실이 늘 걱정스러웠다. 영유아 건강 검진 때마다 소아과 의사에게 물었다.

"선생님, 아이가 너무 작은 것 같아요. 문제가 있는 건 아닐까요?"

그러면 의사 선생님은 늘 부드러운 목소리로 나를 안심시켰다.

"잘 먹고, 잘 놀고, 잘 싸고 있잖아요. 성장 곡선을 벗어나지 않았으니 괜찮습니다. 다만 이유식을 조금 더 일찍 시작해 보면 좋을 것 같아요."

그 말을 듣고 생후 5개월 무렵 이유식을 시작했다. 하루의 마무리는 늘 아이를 재워 놓고 이유식을 준비하는 시간이었다. 작고 예쁜 그릇에 담기는 한 숟가락 한 숟가락은 단순한 요리가 아니라 내 마음속 기도와 같았다. '이 아이가 건강하게 자라게 해 주세요.' 매일 같은 마음을 담아 음식을 만들었다.

준이는 그렇게 만든 이유식을 정말 잘 먹어 주었다. 작은 입을 크게 벌리고 숟가락을 향해 다가오는 모습에 나는 녹아내렸다. 한 숟가락을 삼킬 때마다 걱정이 조금씩 덜어졌다. 그 시간은 단순히 먹이고 기르는 일이 아니라, 아이와 나 사이 가장 진한 교감의 순간이었다.

10개월쯤 되었을 때 준이는 가구를 잡고 일어섰고, 11개월 무렵에는 스스로 두 발을 떼고 걸음을 옮겼다. 발달의 거의 모든 과정이 느린 아이였는데, 걷기만큼은 누구보다 빨랐다. 그 작은 발걸음은 단순한 걸음마가 아니라 부모인 우리에게 '이 아이는 자기만의 속도로 성장한다.'라는 사실을 몸소 알려 주는 것이었다.

작은 체구로 태어나 늘 우리를 조마조마하게 했던 준이

는 무탈하게 첫돌을 맞이했다. 아이가 건강하게 한 해를 채웠다는 사실만으로도 눈물이 솟구쳤다. 돌잔치를 준비하며 한복을 입은 준이를 바라보는데, '벌써 이렇게 컸구나. 무사히 자라 주었구나.' 하는 생각에 감격이 차올랐다. 늘 불안과 걱정 속에서 하루하루를 버텨 왔는데, 그 시간들이 이렇게 한 아이의 생에 쌓였다는 사실이 너무나도 감동스러웠다.

준이는 성격이 급했다. 걷는 법을 제대로 배우기도 전에, 마치 세상이 저를 기다려 주지 않는다는 듯 뛰려고 했다. 휘청휘청 불안하게 내달리는 모습 때문에 나는 하루에도 몇 번씩 심장이 철렁 내려앉았다. 한 번은 내리막길에서 준이를 잠시 놓치는 바람에 아이가 그대로 넘어져 이마에 찰과상을 입은 적도 있었다. 그날 밤, 이마에 생긴 상처를 보며 내 잘못이라고 한참을 울었다. 남편 없이 외출을 꺼리게 된 것도 그 무렵부터였다. 준이를 잡으러 뛰어가면 더 빨리 달려가는 아이였으니, 시작부터 손을 놓지 않는 게 최선이라는 걸 몸으로 배웠다.

또, 준이에게는 또래와는 조금 다른 고집스러운 취향이 있었다. 자동차를 줄지어 세우는 것을 유난히 좋아했고, 색깔이 같은 블록을 맞추어 늘어놓곤 했다. 장난감이든 물건이든, 빙글빙글 돌아가는 것이라면 시선을 떼지 못했고, 둥근 물건을 발견하면 한참을 붙잡고 집착했다. 그 모습이 조금 특별해 보이긴 했지만, 나는 그저 아이의 개성이라고 생각했다. 취향이 뚜렷한 아이라고, 오히려 대견하게 받아들였다.

내게는 엄마로서 나름대로 원칙이 있었다. 위험한 것에 접근하는 것은 반드시 제한했고, 음식으로 장난치는 건 절대 용납하지 않았다. "안 돼."라는 말을 입에 달고 살았다. 그게 옳은 훈육이라고 믿었으며, 아이를 위한 길이라고 생각했다. 평범하게만 보이는 일상 속에서 무엇이 문제인지 깨닫지 못한 채 그렇게 하루하루가 흘러갔다.

어느덧 준이는 24개월을 향해 가고 있었다. 영유아 검진 3차(현재는 4차로 개편)를 받으러 가는 날, 이 날부터 우리의 삶은 크게 흔들리기 시작했다.

시간을 멈추게 한 한마디

그날은 정말 평범한 하루였다.

아이와 아침밥을 먹고, 가볍게 외출 준비를 했다. 특별한 기대도, 별다른 걱정도 없었다. 얼마 전과 다를 바 없이 병원에 가 접수하고, 키와 몸무게를 재고, 간단한 문진을 받았다. 아이는 내 무릎 위에서 까르르 웃으며 놀고 있었고, 나 역시 익숙하게 흘러가는 절차 속에서 한가로웠다.

의사 선생님은 내가 제출한 설문지를 훑어보며 언어에 대한 부분을 간단히 체크했다.

"아이가 아직 말을 안 하나요?"

"네, 아직 "응."밖에 할 줄 몰라요."

"말은 다 알아듣나요?"

"네, 지시 수행도 잘 되고, 다 알아듣는 것 같아요."

"음…, 이제 24개월이니까 조금만 더 지켜보죠. 36개월까지는 괜찮아요."

짧은 문답이 끝나자, 의사 선생님은 별다른 설명 없이 결과지를 건넸다. 괜찮다는 말에 마음이 느슨해져 별생각 없이 결과지를 가방에 넣고 아이와 함께 집으로 돌아왔다.

늦은 점심을 먹고 아이가 낮잠에 든 사이, 무심코 가방을 열어 결과지를 펼쳤다. 그때 눈에 들어온 건, 한쪽에 쓰인 글자였다.

"심화 평가 권고*(대근육운동, 인지, 언어, 사회성, 자조).*"

그리고 굵은 글씨로 적힌 한 문장.

"*발달은 심화 평가 필요합니다.*"

진료실에서 들었던 의사의 말과는 전혀 달랐다. 마음이 덜컹 내려앉았다. "조금만 더 지켜보자."라는 말과 "심화 평가 권고"라는 상반된 문구에 머릿속이 복잡해졌다.

'이게 무슨 뜻이지?'

'왜 자세하게 설명해 주지 않았지?'

'검사를 받아야 한다는 건가? 그렇다면 어떤 병원으로 가야 하지?'

곤히 잠든 아이의 숨소리가 곁에서 들려왔지만, 내 가슴은 답답하고 울렁거렸다. 결과지를 다시 들여다봐도 단어들의 의미를 정확히 알 수 없어 짜증이 치밀어 올랐다. 다행인지 불행인지 그 불안은 오래가지 못했다. 아이가 낮잠에서 깨어 울음을 터뜨렸고, 나는 다시 평범한 일상으로 돌아갔다.

　며칠 뒤, 보건소에서 안내문이 도착했다. 갈색 봉투 안에는 얇은 책자와 한 장의 안내문이 들어 있었다. 거기에는 낯선 단어들이 가득 적혀 있었다.

'심화 발달 검사', '발달 지연', '추후 진료 연계'….

그 글자들이 하나하나 현실로 다가오는 순간, 머릿속이 멍해졌다. 왜 병원에서는 아무 설명도 해 주지 않았을까? "추가 검사가 필요하다." 이 한마디만 해 줬다면 마음의 준비를 할 수 있었을 텐데. 왜 나는 아무것도 묻지 못한 채 결과지만 들고 나왔을까….

마음이 복잡해지기 시작했다. 지인들에게 조심스레 이 이야기를 꺼냈으나, 돌아오는 대답은 늘 같았다.

"그냥 말이 좀 늦은 거 아니야?"

"때 되면 다 할 거야."

"남자아이라 그래. 남자애들은 좀 느릴 수 있어."

시어머니도 말했다.

"기다리면 다 한다. 아범도 다섯 살까지 말을 안 해서 병원에 갔지만, 아무 이상 없었어."

남편도 덧붙였다.

"말귀는 다 알아듣잖아. 준이는 아직 어려. 괜찮을 거야."

나도 그 말들에 기대어 하루하루를 버텼다. 하지만 내 안에서는 끊임없이 불안한 목소리들이 속삭였다.

'혹시 지금 내가 뭔가를 놓치고 있는 건 아닐까…'

불안은 낮에는 잠잠했다가도, 아이가 잠든 새벽이면 꿈틀거리기 시작했다. 휴대폰 불빛 아래에서 '심화 검진'을 검색하고 또 검색했다. "남자아이라 늦을 수 있다.", "때 되면 다 한다."라는 말이 이제는 더 이상 위로가 되지 않았다.

기다림이 불안으로 바뀌는 데는 오랜 시간이 걸리지 않았다. 어느 날 놀이터에 있는데 준이 또래의 아이가 "엄마, 이거 봐!" 하고 또박또박 말했다. 그 순간 귀가 얼어붙는 듯했다.

'저 아이는 저렇게 말을 잘하는데 우리 아이는 왜 아직 아무 말도 하지 않을까?'

그때부터 나는 준이와 다른 아이들의 단어 수, 반응, 상호작용을 하나하나 비교하는 사람이 되었다. 준이는 여전히 "응."이라는 한마디뿐이었다.

와중에 코로나19 팬데믹이 시작되었고, 아이는 첫 사회생활을 마스크 속에서 시작하게 되었다. 표정을 읽는 일, 입 모양을 따라 말하는 일, 친구와 얼굴을 마주하고 소리

내어 이름을 부르는 일, 그 모든 것이 제한되었다. 아이의 웃음은 여전히 환했지만, 말은 좀처럼 트이지 않았다. '혹시 코로나19라는 상황이 아이의 언어 발달에 영향을 준 건 아닐까…?' 그런 핑계를 찾고 싶었다.

그 무렵, 어린이집 담임 선생님과 통화 중 들었던 말이 아직도 내 가슴 속에 남아 있다.

"이 나이엔 두 단어 정도는 이어서 말할 수 있어야 해요."

내 마음속 불안과 혼돈은 부정할 수 없는 현실이 되었다. 드디어 깨닫고 만 것이다. 내 아이가 조금 다른 속도로 가고 있다는 사실을. 그리고 그 속도는 점점 '차이'로 느껴지기 시작했다. 그때 가장 간절했던 건, 누군가 이렇게 말해 주는 것이었다.

"괜찮아요. 이렇게 하면 됩니다. 이건 엄마 잘못이 아니에요."

하지만 아무도 그런 말을, 그와 조금이라도 비슷한 말 한마디를 해 주지 않았다. 나는 무지했고, 동시에 끔찍하게 외로웠다. 그것이 지금 내가 이 글을 쓰는 이유이다. 그때 아무도 알려 주지 않았기에 내가 나서서 기록하기로 마음먹었다.

병원에 가야겠다는 결심은 쉬운 일이 아니었다. 그건 아이의 속도에 정면으로 맞서겠다는 뜻이었다. 하루에도 몇 번씩 '괜찮을 거야.'와 '그래도 이상한데.'가 머릿속에서 싸웠다. 준이는 밥도 잘 먹고, 잠도 잘 자고, 나름대로 활발한 아이였다. 그래서 더 혼란스러웠다.

'말이 조금 느린 것뿐일까?'

'내가 너무 예민한 건 아닐까?'

아무리 스스로를 다독여도 마음 한구석에서는 같은 말이 떠올랐다.

'그래도 뭔가 이상해.'

인터넷에 '언어 지연 원인', '발달 검사 필요 시기', '영유아 검진 심화 평가 권고', '발달 검사 방법' 등을 수십 번 검색해 보았다. 모두 말이 달랐다. "만 3세까지는 괜찮으니 기다려 봐도 된다."라는 말도 있었고, "빠르게 개입할수록 예후가 좋다."라며 가능한 한 빠른 시일에 내원해야 한다는 글도 있었다.

어디든 가야만 했다. 그때부터 어떤 병원을 선택하고 어떤 검사를 받아야 하는지 본격적인 조사를 시작했다. 기다림은 사랑의 또 다른 표현일 수 있다. 그러나 기다림을 핑계로 아무것도 하지 않고 손을 놓아서는 안 된다. 그때 나는 처음으로 '대응'이라는 단어를 마음에 새겼다.

아이를 누구보다 가까이서 지켜보는 사람, 곁에서 늘 함께하는 사람은 바로 나다. 하지만 나 역시 이런 일이 처음이었다. 발달 검사를 받기로 마음먹었는데 어디에 가야 할지조차 모르는 상태로 제자리걸음을 했다.

'대학병원에 가야 하나?'

'일단 동네 소아과에 물어보는 게 좋을까?'

확실한 것은 아무것도 없었다. 인터넷에 정확한 답이 있는 건 아니었지만, 며칠을 검색만 했다. 지방에 살다 보니 선택할 수 있는 병원이 몇 곳 되지 않았다.

그러던 중, 지역 부모 커뮤니티에서 한 글을 보게 되었다. 집에서 차로 40분 거리에 있는 대학병원 발달재활센터에 관한 이야기였다. 왠지 그 병원에 믿음이 갔다. 곧장 홈페이지를 찾아 들어갔지만, 발달센터에 대한 안내 문구는 하나도 없었다. 커뮤니티에서 본 교수님들의 이름을 찾아 진료 과목을 확인하고, 그에 대한 설명에서 겨우 '발달 지연’이라는 네 글자를 발견했다.

예약은 전화로만 가능했다. 전화를 걸어 “저… 아이 발달 관련해서 진료를 좀 보고 싶은데요…”라고 말했다. 그 짧은 말을 꺼내는 일이 내겐 아주 큰일처럼 느껴졌다. 이렇게만 이야기해도 수화기 너머의 사람이 알아들을까 걱정이 되었고, 나 스스로 내 아이의 상태를 부정하고 있는 듯 부끄러움과 미안함이 밀려왔다. 다행히도 그는 나의 말을 한 번에 알아들었고 의뢰서 이야기를 꺼냈다. 대학병원은 3차 병원이기 때문에 의뢰서가 있어야만 진료가 가능하지만, 영유아 건강 검진 심화 권고 서류만 갖춰도 진료가 가능하다는 안내를 받았다.

전화를 끊고 나서도 마음은 여전히 무거웠다. 아무것도 모르는 아이는 옆에서 장난감을 가지고 놀고 있었다. 전화 한 통을 했을 뿐인데 큰일을 한 것처럼 기운이 쪽 빠지고 지쳤다. 그날 밤은 아이를 재우고도 쉽게 잠들지 못했다.

‘이제 시작이구나.’

창밖엔 봄비가 내리고 있었다. 그 소리가 마음속의 불안을 조금은 녹여 주었다. 앞으로 다가올 일이 두려웠지만, 그래도 한 가지는 확실했다.

‘오늘 나는 움직였다.’

그날 이후 나는 다짐했다.

‘이제부터 나는 무엇이든 알아야 한다. 엄마니까.’

모르는 것이 죄는 아니다. 하지만 모르는 채로 머물러 있는 건 건 무서운 일이다. 그래서 나는 멈추지 않았다. 두려워도, 망설여져도 움직였다. 그게 내가 할 수 있는 첫 번째 대응이었다.

이것이 바로 내가 엄마로서 처음 발을 내디딘 순간이다. 부모가 된다는 건 아이의 성장을 지켜보는 일이기도 하지만, 보호자로서 수없이 무너지고 다시 일어서는 경험의 반복이다. 그때의 나는 아무것도 몰랐지만 그래도 멈추지 않았다.

이제는 알겠다. 그 시절의 나는 충분히 해내고 있었다. 그때의 나에게, 그리고 지금의 나에게 말해 주고 싶다.

“괜찮아. 잘하고 있어! 모든 게 처음인데도 이렇게 해내고 있잖아.”

아이 문제가 아니라 제가 예민한 건 아닐까요?

Q. 또래 아이들과 내 아이를 자꾸 비교하게 됩니다. 제가 너무 예민한 걸까요?

저도 그랬어요. 옆집 아이가 말을 한다는 얘기만 들어도 괜히 초조했고, 놀이터에서 또래 아이가 줄줄 말하는 걸 보면 우리 아이만 여기에 멈춰 있는 것 같았죠. 누구보다 내 아이를 잘 알고 싶은 마음에서 시작된 불안이에요. 그게 나쁘다고 말할 수는 없다고 생각합니다.

하지만 그 비교가 나를 점점 작아지게 만든다면 한 발 물러나 '내 아이만의 리듬'이 있음을 인정해야 합니다. 비교는 나도 모르게 계속될 거예요. 하지만 그 안에서 자신을 몰아붙이지 않도록 잘 돌보세요. "그럴 수도 있어." 그때 저 자신에게 제일 많이 해 준 말입니다.

Q. 발달이 느린 건지 그냥 성격이 느긋한 건지 어떻게 구분하나
요?

많은 부모님들이 이와 같은 질문을 합니다. 그런데 사실 딱 잘라
서 말하기는 어려운 문제입니다. 기질, 환경, 성향이 모두 복합적
으로 작용하니까요. 저도 처음에는 '우리 아이는 느긋한 성격인
가 보다.' 하고 넘겼어요. 그런데 도통 말이 늘지 않고, 소통이 점
점 어려워지니까 그제야 '혹시?'라는 마음이 생기더라고요.

　느리다는 건 '정상이 아니다.'라는 뜻이 아닙니다. 하지만 계속
해서 발달에 어려움을 보이거나 생활에 지장이 생긴다면 전문가
에게 상담을 받아 보는 것이 좋습니다. 그건 부모가 예민한 게 아
니라 관심과 책임을 보이는 것이에요.

Q. 주변에서 자꾸 "너도 그랬어.", "조금 더 크면 다 할 거야."
라고 안심시키는데, 정말 괜찮을까요?

　"우리 애도 말이 좀 늦었어, 그런데 지금은 완전 수다쟁이야."
　"○○이 아빠도 늦게 걸었어. 유전이야."
　이런 말들은 얼핏 위로처럼 들릴 수도 있지만 그 말을 듣고도

마음이 못내 불편하다면 이유가 있는 거예요.

저는 그럴 때 제 감정을 무시하지 않기로 했습니다. 괜찮다고 말해 줘도 나는 괜찮지 않다면 그건 정말 중요한 신호입니다. 지인들의 말에 악의가 없다는 건 알지만, 아이와 가장 많은 시간을 보내는 건 나니까, 그 감각을 믿어 보는 것도 좋은 선택이에요.

Q. 하루 빨리 병원에 가는 게 좋을까요? 아직 이르진 않을까요?

"병원에 간다고? 너무 서두르는 거 아냐?"

이런 말을 저도 들었고 스스로도 고민을 많이 했습니다. '혹시 괜한 걱정으로 아이를 병원에 데려가는 건 아닌가?' 하고요.

하지만 발달은 조기 개입이 가장 중요하다고 합니다. 혹시나 걱정이 되어 병원에 갔는데 "별 문제 없습니다."라고 하면 마음 놓으면 되고, "조금 늦네요."라고 하면 더 빨리 준비할 수 있으니 다행이죠. 어느 쪽이든 손해는 아니라고 생각합니다. 걱정은 실천할 때 비로소 몸집이 작아지니까요. 병원 문턱을 넘는 일은 누구에게나 낯설지만, 지금 반드시 해야 할 가장 용기 있는 선택일지도 모릅니다.

검진 결과가 나왔는데 무엇부터 해야 할지 모르겠어요

검진표에 이런 말이 적혀 있으면 깜짝 놀랄 수밖에 없죠. 저도 '심화 평가 권고'라는 단어를 처음 봤을 때, '이게 무슨 뜻이지? 우리 아이에게 문제가 있다는 건가?' 하고 가슴이 철렁했어요.

하지만 꼭 무서운 뜻만은 아니에요. 그 시기 아이들을 검진할 때 일반적으로 체크해 보는 항목인데 좀 더 자세히 확인해 보자는 의미로 받아들이면 됩니다. 무조건 큰 문제는 아니라는 거예요.

그렇다고 마냥 무시해서도 안 돼요. 영유아 검진에서 권고가 떴다는 건, 지금이 아이의 발달 상황을 살펴볼 골든 타임이라는 이야기일 수도 있거든요. 가벼운 진료라도 예약하는 걸 추천합니다.

Q. 검진 결과표를 받았는데 해석이 어렵고 당황스러워요.

영유아 건강 검진 결과표는 '관찰 필요', '심화 평가 권고' 같이 낯선 용어로 적혀 있어서 초보 부모들을 당황시키죠. 그럴 때는 결과지를 들고 아이가 자주 가는 소아과에 가서 의사 선생님에게 직접 상담을 받아 보는 게 좋습니다. 의사 선생님이 아이 상태를 직접 보며 당장 검사가 필요한지, 일단 지켜봐도 괜찮은지 조언을 해 주시기도 해요.

부모 혼자서 해석하려 애쓰지 않아도 괜찮아요. 검진표는 시작점일 뿐, 진짜 방향은 상담을 통해 찾아가는 거니까요.

Q. '심화 평가 권고'를 받았는데 검사비가 너무 부담돼요.

저도 이 부분이 정말 고민됐어요. 발달 검사는 몇십만 원씩 하는 경우가 많고, 그마저도 병원 예약이 힘들다 보니 망설이게 되더라고요.

그런데 보건소에서 비용을 지원해 주는 경우가 있습니다. 정식 명칭은 지역마다 조금씩 다른데, 대체로 '발달장애 정밀 검사 비용 지원' 혹은 '심화 평가 권고 아동 대상 검사비 지원' 같은 이름으로 운영되니 이러한 제도를 잘 찾아보세요.

★ 검사 비용 지원 사업

- **지원 조건은 무엇인가요?**

  영유아 건강 검진에서 '심화 평가 권고'를 받은 경우입니다. 의

  사 소견서를 필요로 하는 경우도 있습니다.

- **어디에서 신청하나요?**

  주소지 관할 보건소에서 신청합니다. 보건소에 전화로 문의하

  면 신청서 양식과 절차를 알려 줄 거예요.

- **지원금은 얼마 정도인가요?**

  병원에서 발달 평가를 진행할 시 10~20만 원 안팎으로 지원

  해 줘요. 병원명, 검사 종류, 결과 자료를 요구할 수 있으니 서

  류를 잘 챙겨 두세요.

Q. 보건소에 가지 않고 바로 병원을 예약하면 안 되나요?

당연히 가능합니다. 검진 결과와 관계없이 아이 상태가 걱정되면
병원에 직접 예약해서 발달 검사와 진료를 받아도 됩니다.

다만, 비용 지원을 받고 싶은 상황이라면 보건소에 먼저 연락
을 취하는 것이 좋습니다. 병원에 먼저 가 버리면 나중에 지원 대

상에서 제외될 수 있기 때문입니다. 일부 지역은 병원 방문에 대한 사전 승인이 있어야 하고, 지정된 병원에서만 검사가 가능한 경우도 있습니다.

병원에 가기 전에는 무엇을 준비해야 하나요?

Q. 발달 검사는 꼭 대학병원에서 받아야 하나요?

아니요. 꼭 대학병원이어야 하는 건 아닙니다. 병원을 선택하는 기준에 따라 다를 수 있어요.

★ 대학병원의 장점

- 검사 항목이 다양하고 체계적이다.

- 여러 과 협진이 가능해서, 원인을 정확히 파악하기 좋다.

- 진단서·의사 소견서를 발급받기 용이하다(제도 이용 시 유리함).

★ 대학병원의 단점

- 예약하고 진료받는 데 시간이 오래 걸린다(몇 달씩 걸리는 경우도 허다함).

- 진료비나 검사비가 비싼 편이다.

- 진료 시간이 짧고, 그로 인해 설명이 부족한 경우도 있다.

"그럼 대학병원이 아닌 동네 의원이나 일반 병원에 가도 괜찮을까요?”

네, 발달클리닉이 있는 소아과나 재활의학과는 발달 검사와 치료를 전문으로 하기도 합니다. 이런 곳은 대학병원에 비해 예약이 빠르고, 친절하게 설명해 준다는 장점이 있습니다.

이처럼 병원을 선택하는 기준은 아이의 상태, 부모의 상황에 따라 다릅니다. '진단이 필요한가?', '치료를 시작해 보고 싶은가?' 충분히 생각해 보고 대학병원과 일반 병원 중 선택하면 돼요.

Q. 소아정신과, 재활의학과, 소아과 중 어디로 가야 할까요?

병원을 선택할 때 가장 많이 고민되는 부분이 바로 '어떤 과를 선택할까?'예요. 과마다 발달 지연을 바라보는 방식이 다르기 때문에 아이의 특성과 진료 목적에 맞게 과를 선택하는 것이 중요합니다.

먼저, 소아정신과는 정서, 행동, 사회성의 어려움을 중심으로 평가하는 곳입니다. 자폐 스펙트럼, ADHD, 정서적인 문제가 의심될 때 주로 방문합니다. 필요시 약물 처방이 가능한 과이기 때문에 행동 문제나 감정 조절이 어려운 아이에게 적합합니다.

다음으로 재활의학과는 감각, 운동, 언어 등 전반적인 발달을 평가하고 치료까지 연계해 주는 곳입니다. 언어나 감각 문제, 또는 여러 영역의 발달 지연이 복합적으로 나타날 때 추천합니다. 실제로 발달·재활 바우처를 이용하는 치료 기관 대부분이 재활의학과와 연계되어 있고, 언어 치료나 감각 통합 치료 등으로 바로 이어 갈 수 있기 때문에 효율적인 선택이 될 수 있습니다.

마지막으로 소아과는 아이의 성장과 발달을 일차적으로 진료하는 곳입니다. 특히 발달클리닉을 따로 운영하는 소아과라면 초기 평가나 경과 관찰을 받기에 좋습니다. 정밀 검사를 받기 전, 혹은 대학병원 진료까지 시간이 오래 걸릴 경우 소아과에서 먼저 아이의 발달 상황을 체크해 보고 진료 방향을 잡는 것도 좋은 방법입니다.

Q. 어느 병원이 좋은지 어떻게 알 수 있나요?

정말 현실적인 고민이죠. 저 또한 '입소문 말고 객관적인 기준이 있었으면…' 하는 마음이 들었거든요. 제가 시행착오 끝에 알아낸 방법을 알려드릴게요. 다음의 기준을 활용해 보세요.

★ 좋은 병원을 고르기 위한 체크리스트

☐ 발달클리닉을 운영 중인가?

☐치료까지 연계 가능한가?(언어 치료, 감각 통합 치료, 놀이 치료 등)

☐발달 지연 진단 경험이 많은 병원인가?

☐의료진의 설명이 충분한 곳인가?

☐보호자들이 실제 후기에서 '진료 방향을 잘 알려 줬다.'라고
평가하는가?

Q. 병원에 가기 전에 꼭 보험부터 점검하라고 하던데, 이유가 무엇인가요?

정말 중요한 질문입니다!

요즘은 병원 기록이 한 번이라도 남으면 보험 가입이 어려워지는 경우가 많습니다. 진단서가 없어도, 단순한 치료 이력이나 상담 기록만으로도 보험 가입을 거절당할 수 있습니다.

실제로 발달 지연과 언어 지연으로 치료받은 이력이 전산에 남아 있으면, 뇌·정신 관련 보장은 물론이고, 기본 진단비 가입조차 안 되는 경우도 많습니다. 특히 실손 보험이 아닌 진단비 중심의 보험은 가입 자체가 어려워질 수 있어요. 그래서 저는 부모님들께 꼭 말씀드리고 싶어요.

"병원에 가기 전에 먼저 보험부터 확인하세요!"

이미 가입된 보험이 있다면 보장 내용이 어떤지, 필요한 담보가 빠져 있다면 추가로 준비할 수 있는지 꼭 점검해 보세요. 아이의 치료가 시작되기 전에 준비해 두는 것이 나중에 든든한 버팀목이 될 수 있습니다.

병원 기록은 한 번 남으면 지워지지 않습니다. 진단서는 나중에도 받을 수 있지만, 보험은 미리 준비하지 않으면 기회가 사라질 수 있습니다.

2장

조급한 마음과 작아지는 나

충돌하는 마음, 답을 알고 싶어요

2020년 3월 중순, 봄이 시작될 무렵이었다. 코로나19가 번지기 시작하던 때라 병원에 있는 모두가 마스크를 쓰고 있었다. 열 감지 카메라를 지나 체온을 재고, 보호자 인적 사항을 적은 뒤에야 병원 안으로 들어갈 수 있었다. 이곳은 인근 도시에서도 가장 규모가 큰 대학병원이었다. 어린이병원 건물이 따로 있을 정도였다.

엘리베이터를 타고 2층으로 올라가니 벽면에 큼지막하게 '발달재활센터'라는 안내판이 붙어 있었다. 잠시 멈칫하고 말았다. '그래, 이제 정말 시작이구나.' 주먹을 쥐었다.

"준이 보호자님 들어오세요."

대기실 의자에 앉은 지 얼마 되지 않아 들려온 말, 그 소리에 나도 모르게 벌떡 일어났다. 진료실 문이 열리며 하얀 가운의 세 의사 선생님이 우리를 맞이했다. 한 분은 교수님, 두 분은 전공의 선생님이었다. 나는 영유아 검진 결과지를 내밀었다. 교수님은 그 종이를 한참 들여다보시더니 조용히 준이의 이름을 불렀다.

"준아, 선생님 좀 볼래?"

하지만 준이는 그 어떤 반응도 보이지 않았다. 진료실 바닥에 놓인 장난감 자동차를 가지고 놀 뿐이었다. 자동차를 굴리며 신나게 웃고 있었지만 그 웃음은 어딘가 이질적이었다. 우리와는 동떨어진 곳에 있는 것 같았다. 교수님은 잠시 그 모습을 지켜보시더니 서류를 덮고 나를 바라보며 말씀하셨다.

"검사를 해 보는 게 좋겠습니다."

숨이 멎는 것 같았다. 나는 조심스레 물었다.

"검사요? 어떤 검사를 하게 되나요?"

"유전자 검사를 통해 아이의 발달에 영향을 주는 요인이 있는지 확인하고, 뇌 MRI를 찍어서 구조적인 이상이 없는지 살펴봅니다. 그리고 뇌파 청력 검사로 청각 신호가 뇌에서 정상적으로 반응하는지 확인할 거예요. 기본적인 발달 검사와 언어 검사도 함께 진행합니다."

낯선 단어들이 내 머릿속을 가득 채웠다. MRI, 뇌파 청력 검사, 유전자 검사, 발달 검사…. 하나같이 나의 일상과는 거리가 먼 것들이었다. 그러나 당장 이해하고 결정해야만 하는 현실이기도 했다. 간호사 선생님이 검사 항목과 절차를 간단히 설명해 주었고, 남편은 내 옆에서 서류를 하나씩 넘겨보았다. 검사 동의서에는 수면 마취에 대한 서류도 포함되어 있었다. 펜을 들어 서명란을 채우는 나를 바라보던 남편이 조심스레 물었다.

"꼭 다 해야 돼? 아이를 재워가면서까지?"

나는 잠시 망설였지만 곧 단호하게 말했다.

"검사를 하자고 하는 데는 이유가 있겠지. 나는 꼭 하고 싶어."

확인하지 않으면 불안이 끝나지 않을 것을 알았다. 정확히 알고 판단하고 싶었다. 혹시라도 놓치는 게 있으면 안 된다는 두려움으로 발걸음을 움직였다.

다음 검사 일정을 잡았지만 여전히 불안했다. 혹시 그 사이에 아이가 말을 하기 시작하진 않을까, 그래서 괜한 검사로 아이를 힘들게 하고 돈과 시간을 버리는 건 아닐까. 어린이집 선생님 역시 "친구들과 선생님들로부터 언어 자극을 받으면 말이 트일 수 있으니 조금 더 지켜보죠."라고 했다. 그 말에 나도 동의했다. 또래 자극이 어른들의 자극보다 더 효과가 크다는 글을 어디선가 본 기억이 있었기 때문이다.

고민 끝에 검사 예약을 조금 미루기로 했다. '그래, 조금만 더 지켜보자.' 그렇게 4월이 되었고, 준이는 어린이집에 다니기 시작했다. 하지만 시간이 흘러도 불안은 사라지지 않았고, 오히려 점점 커져만 갔다. '그저 지켜보기'는 이제는 견딜 수 없는 고통스러움이 되었다.

4월 어느 날, 나는 굳은 결심을 하고 집 근처의 한 언어 치료센터에 전화를 걸었다.

"아이가 말을 아직 못 해서요…. 검사를 받고 싶어요."

나도 모르게 목소리가 떨렸다. 전화기 너머로 들려온 부드러운 여성의 목소리가 들려왔다. "이번 주 중으로 방문 가능하세요?"라는 물음에 나는 주저 없이 "네, 괜찮아요."라고 답했다.

센터 문을 열고 들어서자 처음 보는 풍경이 펼쳐졌다.

낯설고 어색했다. 복도에는 문이 여러 개 있었고, 문 너머에서는 아이들의 웃음소리와 선생님들의 목소리가 섞여 들려왔다. 대기실에는 아이를 안은 부모들이 조용히 앉아 있었다. 벽에는 '언어발달 단계표'와 '놀이 치료 소개문' 등이 붙어 있었다. 나는 아이의 손을 꼭 잡고 차례를 기다렸다. 그 짧은 기다림마저 견디기 어려웠다.

"준이 어머님, 들어오세요."

언어 재활사 선생님이 밝은 얼굴로 우리를 맞이했다. 방에는 색색의 블록, 장난감 자동차, 동물 모형, 작은 주방 놀이 세트까지 아이들이 좋아할 만한 장난감이 가득했다. 테이블 위에는 펜과 문답지가 가지런히 놓여 있었고, 그 옆에는 아이의 반응을 확인하는 체크리스트가 펼쳐져 있었다.

준이는 낯선 공간에 들어서자마자 호기심을 보였다. 이리저리 방을 둘러보며 장난감을 만지고 탐색하기 시작했다. 선생님은 부드럽게 웃으며 말했다.

"낯가림이 없고 탐색력이 좋아요. 호기심도 많고요."

"맞아요. 낯을 안 가려요."

"제가 아이랑 관찰 놀이를 하는 동안 어머님은 여기 이 문답지를 표시된 부분까지 작성해 주세요."

문답지에는 수십 개의 질문이 있었다.

'두 단어 이상으로 말하나요?'

'부모의 말을 이해하고 행동으로 옮기나요?'

'간단한 지시어('이리 와.', '앉아.' 등)에 반응하나요?'

질문 하나하나가 심문처럼 느껴졌다. 펜을 들고 답을 적는 동안 내 마음은 커다란 바윗덩이가 얹힌 것처럼 점점 무거워졌다.

'아니요.'

'거의 하지 않음.'

문답지에 답을 채울수록 우리 아이가 머물러 있는 곳이 어딘지 또렷해졌다. '또래들은 이미 저만큼 가고 있겠구나.' 눈앞이 어지러웠다. 나는 작성을 끝낸 문답지를 건넸고 선생님은 조용히 고개를 끄덕이며 펜으로 뭔가를 계산하듯 적어 내려갔다. 짧은 정적이 흐른 뒤 조심스러운 대화가 시작됐다.

"준이의 수용언어는 또래보다 약간 낮은 수준이에요. 그런데 표현언어는 많이 지체되어 있네요. 지금 구사할 수 있는 단어가 있나요?"

"'응.'밖에 못하는 것 같아요. 그런데 말귀는 다 알아들어요.”

선생님은 고개를 끄덕이며 준이에게 여러 가지를 시켜 보았다.

“준아, 자동차는 어디 있을까?”

“기차는?”

“빨간색은 뭐지?”

“엄마는 어디에 있을까?”

준이는 모든 질문에 손가락으로 답했다. 조용히, 그러나 정확하게 가리켰다. 선생님은 나를 보며 말했다.

“어머님 말씀처럼 지시 수행은 잘돼요. 이해력은 분명히 있는 것 같아요. 이번엔 따라 해 볼게요. 준아, ‘엄마’라고 말해 볼까? ‘아빠’도 해 볼까?

다정한 목소리가 몇 번이고 반복됐지만, 준이는 멀뚱히 바라보다가 까르르 웃을 뿐 끝내 말하지 않았다. 장난감을 가지고 놀기에 바빴다. 그 침묵이 공기를 무겁게 만들었다. 선생님은 잠시 질문지를 보더니 조용히 말했다.

“확실히 표현언어가 또래보다 지연돼 있어요. 이해는 가능한데, 말로 표현하는 단계까지는 아직 오지 않았네요.”

가슴이 철렁 내려앉았다. 이미 어느 정도 예상하고 있었지만, 그렇다는 사실이 확정되니 마음이 또 달랐다. 손끝에 힘이 들어갔다. 아이를 향해 애써 미소 지어 보았지만, 입꼬리가 떨렸다.

그렇게 검사를 마치고 집으로 돌아오는 길, 나는 아무말도 할 수 없었다. 유모차를 밀며 스쳐 지나가는 자동차와 가로수를 멍하니 바라보았다.

'다른 문제도 있으면 어쩌지? 혹시 더 깊은 이유가 있는건 아닐까?'

의심과 불안이 번갈아가며 마음을 흔들었다. 이 검사가과연 믿을 만한 검사인지 확신이 서지 않았다. '그럴 리 없어. 잘못된 거야.'라고 부정하는 마음도 들고, 또 한편으로는 '혹시 내 예상이 맞는 걸까…?' 하는 두려움이 밀려왔다. 인정하고 싶지 않았다.

며칠 뒤, 센터에서 결과지를 받아 가라는 연락이 왔다. 봉투 속에 고이 접힌 한 장의 종이. 거기에는 짧고 냉정한단어가 적혀 있었다.

'표현언어 지체'

온몸이 굳었다. 이제는 정말 부정할 수 없었다. 가슴 한

가운데에 ‘지체’라는 단어가 박혔다.

속상했다. 힘들게 품고 어렵게 세상에 나온 아이인데. 뱃속에 있을 때 내가 뭔가 잘못한 건 아닐까? 임신 중에 내가 놓친 건 없었을까? 끝없이 자책했다. 현실을 받아들이기란 너무나도 힘든 일이었다. 며칠 동안은 이유 없이 눈물이 나서 밥을 먹다가도, 잠을 자려다가도 울었다. 하지만 마냥 울고만 있을 수는 없었다. 나는 엄마니까. 엄마는 눈물이 나도 결국 행동해야 하는 사람이다.

그래서 그날부터 정말 쉴 새 없이 말을 걸었다. 준이가 책을 싫어했기 때문에 책을 읽는 대신 노래를 부르고 율동을 했고, 어린이집에서 받은 사진을 보며 끊임없이 말을 이어 갔다.

“이건 뭐야?”

“여기에 누가 있지?”

“이건 무슨 색이지?”

아이에게 수없이 묻고 혼자 답하며 나의 말 한마디라도 더 들려주려 애썼다.

검사 결과를 어린이집 담임 선생님께도 전했다. 선생님은 내 이야기를 진지하게 들으시더니 “어린이집에서도 최

대한 언어 자극을 많이 할 수 있도록 노력해 볼게요."라고
말해 주셨다. 마음이 놓였다. 나 혼자 애쓰는 게 아니라는
사실에 고마웠다.

　그럼에도 불구하고 준이의 말은 늘지 않았다. 시간이 흘
러도 큰 변화는 없었다. 그러던 어느 날 문득 생각했다.
　'이대로는 안 되겠다. 내가 아무리 말을 걸고, 노래를 부
르고, 반응을 유도해도 나아지질 않아. 이건 전문가의 손
이 필요한 일이야!'
　본격적으로 언어치료센터를 찾아보기 시작했다. 열심
히 찾아보니 '사설센터'와 '실비센터' 두 가지로 압축됐다.
사설센터는 내가 전액을 부담해야 했고, 실비센터는 병원
부설이기 때문에 실손 보험 청구가 가능했다. 자기부담금
을 제외한 나머지 비용을 환급받을 수 있으니 실비센터가
훨씬 현실적인 선택이었다.
　그렇게 8월, 이비인후과 부설 언어치료센터 상담실 문
을 열었다. 센터장님은 4월에 받은 언어 검사 결과지를 한
참 보시더니 말했다.
　"지금 바로 언어 치료를 시작하는 게 좋겠어요. 표현언

어가 이 정도로 지체된 경우는 조기 개입이 정말 중요해
요.”

그렇게 우리는 조기 개입을 시작했다.

잊지 못할 그 겨울

치료를 시작한 지 석 달쯤 지났을 무렵, 미뤄 두었던 대
학 병원 검사일이 다가왔다. 달력을 넘길 때마다 빨간 동
그라미가 점점 커지는 것 같았다. 준이의 말은 여전히 트
이지 않았고, 내 마음속에서는 ‘혹시’와 ‘설마’가 뒤엉키며
억지로 ‘그래도’를 만들었다. 더는 미룰 수 없었다.

검사는 이틀에 나뉘어 진행되었다. 첫날은 언어 검사와
발달 검사, 둘째 날은 뇌 MRI와 뇌파 청력 검사, 그리고 채
혈이었다. 가능한 한 같은 날에 모두 끝내고 싶었지만, 아
이가 힘들어할 거라는 말에 어쩔 수 없이 일정을 두 번으
로 나눠야 했다. 사실 나는 하루라도 빨리 결과를 보고 싶
었다. 검사가 끝나고도 일주일이 지나야 진료를 볼 수 있
다. 하루라도 빨리 아이의 상태를 알고 싶었다.

마음은 조급하기만 한데 일정은 내 뜻대로 되지 않았다. 병원 일정이 적힌 종이를 꼭 쥔 손 틈새로 불안이 새어 나왔다. 언어 검사실 문을 열자 사설센터와 비슷한 풍경이 펼쳐졌다. 색색의 블록, 카드, 그림 자료, 작은 책상과 의자. 검사실 선생님은 준이가 받을 검사에 대해 간단히 설명했다.

"지금은 이해와 표현 영역을 따로 볼 거예요. 중간중간 쉬어 가며 진행하죠."

준이는 낯가림이 없는 아이답게 이리저리 서랍을 열어 보고 블록을 옮겼다. 선생님이 그림 카드를 펼쳐 들고 물었다.

"강아지는 어디에 있어?"

준이는 정확히 짚어냈다.

"자동차는?"

이번에도 정확했다. 다만 손끝이 대답했다. 분명 잘 이해하고 있었다. 그러나 "따라 말해 볼까?"라는 말이 들리는 순간, 공기는 묵직해졌다. 침묵이 이어졌다.

"엄마, 아빠, 멍멍."

선생님이 천천히 반복했지만, 준이는 웃거나 시선을 옮

길 뿐 입술을 열지 않았다. 나는 뾰족한 모서리에 걸터앉은 듯 위태로운 마음으로 그 장면을 지켜보았다. 차분하게 자리를 지키려 애썼지만, 얼굴에 땀이 흥건했다.

선생님은 아이에게 이것저것 시켜 보며 나에게 질문을 쏟아 냈다. 언어에 대한 질문이 이어졌는데, 수용언어에 대해서는 "할 수 있다."라는 대답을 비교적 자주 내놓을 수 있었지만, 표현언어에 대해서는 대부분 "못 한다."라고 답할 수밖에 없었다.

검사 내내 답답함만 느껴졌다. 입안이 바짝 말라 말을 더듬었고, 아이의 반응 하나하나에 마음이 휘청였다.

'그래도 지금보다는 잘할 때도 있는데…'

'오늘 유달리 못하는 건 아닐까?'

속으로 변명을 되뇌었지만, 차마 입 밖으로 낼 수는 없었다.

발달 검사로 넘어가자 과제가 더 다양해졌다. 쌓기, 끼우기, 맞추기, 지시 따르기, 공동 주의 끌어오기. 준이는 관심 있는 과제에는 몰입했고, 흥미가 꺾이면 곧장 등을 돌렸다. 나는 그러한 행동 변주를 수없이 본 사람이었지만, 여전히 낯설고 야속하게 느껴졌다.

이어서 자폐 스펙트럼 검사가 진행됐다. 이 검사는 엄마의 문답지를 중심으로 이어졌다. 나는 문항에 답하며, 동시에 아이와 아이를 관찰하는 선생님의 시선을 따라가기 바빴다. 문항의 내용은 생각보다 훨씬 세밀했다.

'눈을 마주치는 빈도', '이름을 불렀을 때의 반응', '타인과의 상호작용', '감정 표현 방식'…

모든 항목이 나를 매섭게 바라보고 있었다. 작성을 마친 뒤, 선생님에게 종이를 건넸다. 생각보다 많은 항목이 우리 아이에게 해당되었다. 그걸 알아챈 순간, 내 마음은 걷잡을 수 없이 흔들렸다. 어두움이 서서히 밀려왔다. 아직 결과가 나오지는 않았지만, 안 봐도 알 것만 같았다.

검사 둘째 날은 정말이지 추운 날이었다. 건물 그림자가 길게 늘어져 있었고, 바람은 차가웠다. 검사실에 가 준이의 이름을 말하니 잠시 밖에서 대기해 달라고 했다.

앞으로 일어날 일을 모르는 준이는 신이 나서 이 의자 저 의자 사이를 오가며 까르르 웃어댔다. 남편은 그런 준이를 따라다니느라 분주했지만, 나는 의자에 가만히 앉아 마음을 다잡았다. 잠시 후, 간호사 선생님이 준이의 이름을 불렀다.

"준이 보호자님 들어오세요."

남편이 아이를 안고 검사실 안으로 들어갔다. 방 안에는 침대가 여러 대 놓여 있었다. 수액을 맞아야 한다며 아이의 손등에 바늘을 꽂겠다고 했다. 다행히도 준이는 얌전히 손을 내밀었다. 바늘을 꽂는 동안 울지도 않았다. 이런 아이는 오랜만이라며 모두 놀랐다.

그 후 수면유도제(포크랄)를 먹일 차례가 되었다. 평소 약을 잘 먹던 아이였는데 그날은 달랐다. 얼굴을 찡그리며 고개를 홱 돌리고, 혀로 밀어내고, 입술을 막았다. 간호사 선생님 말로는 약이 써서 그럴 거라고 했다. 준이를 옆으로 안아서 눈을 마주치고, 다독이고, 달래 봤지만 통하지 않았다. 아이는 대성통곡하며 내 손을 밀어내기 바빴다. 아이 몸을 잡고 입을 억지로 벌려 겨우 삼키게 했다. 그리고 잠을 잘 수 있도록 조용한 방으로 아이를 옮겼다.

준이는 잠들 생각이 없었다. 분명 약기운으로 잠이 올 텐데, 억지로 잠을 이겨내며 몸을 일으키려 했다. 울음은 점점 깊어졌고, 몸은 세차게 뒤틀렸다. 남편이 땀으로 흥건해진 아이를 품에 안았다. 남편의 품에서도 한참 울던 아이는 어느 순간 기운이 빠졌는지 고개를 떨궜다.

잠든 준이를 조심스럽게 눕히고 우리는 MRI실 앞으로 이동했다. 두꺼운 문, 낮고 지속적인 기계음, 차갑게 정돈된 공기. MRI 기계 위 아이의 몸은 벨크로로 단단히 고정되었다. 나는 입술 안쪽을 살짝 깨물었다. 의료진이 손짓으로 바깥을 가리켰고, 나는 떨어지지 않는 발걸음을 옮겼다. 대기실 의자에 앉은 나는 MRI 기계에 누워 있던 준이의 모습이 자꾸만 아른거려 괜히 눈물을 흘리고 있었다.

MRI가 끝나자 곧장 뇌파 청력 검사(ABR)실로 옮겨졌다. 아이의 머리와 귀 주변에 작은 전극이 하나둘 붙었다.

"검사 중 낙상 위험이 있으니 옆에 계세요."

의료진의 말에 나는 아이의 옆으로 몸을 바짝 붙였다. 아이의 속눈썹이 아주 느린 속도로 떨렸다. 불쌍하고 미안한 마음에 눈물이 날 것 같았지만, 아이가 깨기라도 할까, 그러면 검사를 다시 해야 할까 봐 열심히 참았다.

우리는 마지막 관문인 채혈실로 향했다. 수면유도제 효과가 다하기 전에 피를 뽑아야 했다. 나는 아이를 안고, 남편은 문을 열었다. 발걸음이 조금 빨라졌다. 다행히 아이는 끝까지 깨지 않았다. 복도로 나오자 병원의 공기가 다시 느껴졌다. 소독약 냄새, 둥글게 모여 앉은 가족들, 멍하니 창밖을 보는 사람들, 같은 자리에서 다른 시간을 보내는 수많은 마음….

검사는 모두 끝났다. 이제는 결과만 남았다. 병원을 나서자 어스름히 물든 저녁 빛이 성큼 다가왔다. 아이는 아직도 내 품에서 깊은 잠을 자고 있었다. 남편도, 나도 말은 없지만 같은 것을 떠올리고 있는 듯했다. 오늘 겪은 일과 곧 찾아올 말을.

그날 밤, 나는 일부러 아무것도 하지 않으려 했다. 오늘만큼은 검사, 치료… 그 어떤 것도 찾아보지 않으려 했다. 그러나 손은 스마트폰으로 향했고 익숙하게 검색어를 입력했다.

'뇌 MRI 언어', '자폐 스펙트럼 검사 통과 기준', '발달 검사', '언어 치료 주 1회 효과'…

질문은 또 다른 질문을 낳을 뿐이었다. 나도 알았다. 결과를 듣기 전까지는 무엇도 답이 아니라는 것을. 그래도 엄마인 나는 내일의 나를 위해 오늘의 두려움을 조금씩 해체해야 했다.

이제 여기까지 왔다. 두렵지만 진실을 들을 차례였다.

의심에서 확신으로

결과를 들으러 병원으로 향하던 그날, 차 안은 히터 바람으로 따뜻했는데 그 따뜻함이 이상하도록 낯설게 느껴졌다. 창문 위로 희미한 입김이 번지고 있었고, 나는 자꾸만 뒤를 돌아 뒷좌석의 준이를 바라봤다. 준이는 평온하게 창밖 풍경을 바라보고 있었는데, 그 평화로움이 오히려 나를 더 불안하게 했다.

'괜찮겠지…. 오늘은 뭔가 다를지도, 전과는 달라졌을지도 몰라.'

마음이 조용히 일렁였다.

병원에 도착하니 낯익은 복도가 보였다. 지난주에도 왔던 병원이지만, 그날은 분위기가 달랐다. 이상하리만큼 조용했다. 나는 안내판을 따라 천천히 2층 발달센터로 향했다.

대기실에는 익숙한 풍경이 펼쳐져 있었다. 아이를 안고 속삭이는 엄마, 차분히 순서를 기다리는 아빠, 그리고 가끔 터져 나오는 아이들의 울음소리. 그 소리들조차 내겐 멀게만 느껴졌다. 나는 데스크에 준이의 이름을 말하고 의자에 앉았다. 남편은 복도를 오가는 준이를 따라다니며 달

래고 있었다. 두 손을 맞잡은 채 가만히 시간을 보냈다. 초침 소리가 유난히 또렷하게 들렸다. 곧 들려올 한마디가 두려웠다.

"준이 보호자님, 들어오세요."

어김없이 우리를 부르는 목소리에 남편이 먼저 아이를 안고 앞장섰고, 나는 천천히 그 뒤를 따랐다. 교수님과 전공의 두 분이 자리에 앉아 있었다. 모니터를 슬쩍 곁눈질로 보니, 화면에 우리 아이의 이름이 있었다. 하지만 모든 내용이 영어로 적혀 있어 이해할 수 없었다. 조용히 자리에 앉자 교수님이 천천히 입을 열었다.

"발달 지연입니다."

내 세상은 멈추고 말았다. 그 말이 너무 명확해서 아무 말도 할 수 없었다. 교수님 목소리가 들리기는 하는데 귀 안에서 들리는 '웅—' 하는 소리에 압도되어 알아들을 수 없었고, 멀쩡히 숨을 쉬고 있지만 가슴이 꽉 막힌 듯 참을 수 없이 답답했다. 교수님은 차분히 설명했다.

"언어 발달이 또래보다 현저히 지연되어 있습니다. CARS 검사상 자폐 스펙트럼은 아니지만, 자폐적 특성이 일부 관찰됩니다. 자폐 스펙스럼으로 보기에는 아직 나이도 어리고 점수도 절단점 아래이기 때문에 확진할 수는 없습니다. 하지만 지금처럼 자폐적 특성을 보이는 행동들이 소거되지 않고 유지되거나 늘어난다면, 자폐에 대한 검사는 다시 진행해야 합니다."

그 말들이 머리 위로 쏟아졌다.

'현저히 지연', '자폐적 특성', '관찰됩니다'

단어 하나하나가 낯설고, 차갑고, 무겁게 느껴졌다. 나는 고개를 끄덕이면서도, 그 말들이 정확히 어떤 의미인지 이해하지 못했다. 전공의들은 아무 말 없이 그래프를 바라보고 있었고, 나는 그 침묵 속에서 큰 고립감을 느꼈다.

"MRI, 뇌파 청력 검사 모두 정상입니다. 사회성 발달도 크게 문제는 없어요. 다만 언어 지연은 확실합니다. 언어 치료를 하셔야 합니다. 주 2회 이상 꾸준히요."

마음속 어디선가 '이제 시작이야.'라는 속삭임이 들려왔다. 유전자 검사에 대한 설명도 이어졌다.

"유전자 한 개에서 중복이 확인되었지만, 그 번호의 유전자가 발달 지연을 일으킨다는 보고나 논문은 없습니다. 그래서 이것이 원인이라고 단정하긴 어렵습니다. 진단서가 필요하신가요?"

나는 작게 고개를 끄덕였다. 입을 조금이라도 떼면 울어버릴 것 같아서 짧은 한숨을 몇 번이고 내쉬며 마음을 붙잡았다.

"혹시 검사 결과지와 초진 차트도 받아갈 수 있을까요?"

"모두 발급받을 수 있게 해 드릴게요."

진료실을 나와 남편과 아이는 먼저 차로 보내고, 나는 원무과로 향했다. 병원비를 결제하고 부탁한 서류를 건네받았다. 서류를 손에 들고 보니 글귀 하나가 머리와 가슴에 콕 박혔다.

"발달 지연(R62.9)"

진단서에 쓰인 준이의 진단명이었다. 손끝이 떨렸다. 검사 결과지 위의 숫자와 영어 단어들이 머릿속에서 뒤엉켰다. 아무리 봐도 이해할 수 없는 글자들 속에서 '발달 지연'이라는 단어 하나만은 또렷했다.

발급받은 서류들을 봉투에 차곡차곡 넣고 주차장으로 향했다. 걸음을 옮기며 생각이 끊임없이 이어졌다.

'앞으로 뭘 해야 하지?'

'언어 치료만 하면 될까?'

'치료비는 얼마나 들까?'

일상의 다른 그 어떤 것도 생각할 수 없었다. 아이에게 향하는 발걸음이 유난히 무겁게 느껴졌다. 발목에 족쇄를 찬 죄수처럼, 힘겹게 걸었다.

그날 밤, 아이를 재우고 노트북 앞에 앉았다. 고요한 가운데 남편의 코 고는 소리가 이따금 적막을 깼다. 나는 포털 사이트에 '발달 지연', '언어 치료', '자폐 특성' 같은 단어들을 수없이 검색했다. 검사 결과지를 노트북 옆에 두고 다른 사람들은 어떤 검사를 했는지, 준이의 수치가 평균보다 얼마나 낮은지, 준이에게 부족한 부분은 어디인지 하나하나 찾아보기 시작했다. 자폐 스펙트럼의 특징도 찾아보고, 준이가 보이는 행동 중 무엇이 여기에 해당되는지도 확인했다. 혹시라도 소거할 수 있는 방법이 있다면, 내가 도와줄 수 있는 방법이 있다면, 그게 무엇이든 하고 싶었다.

잠이 오지 않았다. 의문과 불안에 깔려 허둥대며 새벽을 보냈다. 불안하고 복잡하던 머리는 아이가 일어나는 소리에 잠시 소강상태가 되었다.

'그래, 일단 아이를 돌보자. 그게 먼저야.'

그렇게 또 하루가 시작되었다.

낯선 순간의 연속

일상은 반복되었다. 남편은 출근했고, 아이는 어린이집에 갔다. 하지만 나는 달랐다. 며칠 전 병원에서 들은 '발달 지연'이라는 단어에서 헤어나지 못하고 있었다. 냉장고 문을 열어도, 밥을 하려 해도, 텔레비전을 보다가도 그 단어가 떠올랐다.

준이가 다니고 있는 실비센터에 결과지를 보여 주며 이야기를 나눴다. 그래야 수업 방향을 더 자세히 잡을 수 있을 것 같았다. 언어 재활사 선생님은 결과지를 한참 들여다보시더니 고개를 끄덕였다.

"그럼 주 2회로 일단 예약해 둘게요. 가능하다면 3회 이상 받는 편이 좋지만, 지금은 치료 스케줄이 꽉 차 있어서요."

나는 주저 없이 고개를 끄덕였다. 언어 치료는 일단 주 2회로 고정하고, 상황을 봐서 횟수를 늘리기로 했다.

하지만 그 다음이 문제였다. 언어 치료 외에 어떤 치료를 더 받아야 하는지, 내가 무엇을 더 해 줘야 하는지 알 수 없었다. 검색을 해 보아도 '단순 언어 발달 지연'이라는 사례는 많지 않았다. 비슷한 상황을 겪은 부모의 글을 찾아

읽어도 준이와는 조금씩 달라 명확한 답을 얻을 수 없었다. 불안만 커져 갔다.

'내가 뭘 놓치고 있는 건 아닐까?'

'조기 개입을 해야 한다는데, 지금 내가 충분히 잘하고 있는 걸까?'

하루에도 수십 번씩 생각했다. 그러던 중, 실비센터 센터장님이 조심스럽게 한마디를 꺼내셨다.

"어머님, 혹시 바우처는 신청해 보셨어요?"

바우처? 처음 듣는 단어였다. 센터장님은 지역별로 차이는 있지만, 나라에서 발달 치료비의 일부를 지원해 주는 프로그램이 있다고 설명해 주셨다.

"준이는 아직 어리니까 통과 가능성이 높아요. 행복복지센터, 그러니까 동사무소에 방문해서 신청해 보세요."

집에 돌아오자마자 6개월간의 치료 기록지, 대학병원 검사 결과지, 진단서까지 하나하나 챙겨 들고 동사무소를 찾았다. 행정 창구 직원이 내게 물었다.

"자녀분은 현재 장애 등록이 되어 있나요?"

"아니요, 아직은요."

"그럼 '비장애 등록 아동'으로 접수됩니다. 심사에는 조금 시간이 걸려요.”

현실적인 말 속에서 나는 겉돌기만 했다.

‘이제 나는 이런 단어들을 알아야 하는 사람이 됐구나.’

이 분위기에 이제는 익숙해질 법도 한데 아직도 적응하려면 한참의 시간이 필요할 것 같았다.

2~3주가 지났을 무렵, 우편함에 ‘발달재활서비스 바우처 선정 안내문’이라는 글자가 찍힌 봉투가 도착했다. 다행히 준이가 통과되었다는 내용이었다. 일정 부분 나라의 도움을 받을 수 있게 된 것이다. 기뻤다. 외벌이로 아이를 키우며 늘 빠듯한 생활을 이어가던 우리에게는 큰 도움이었다. 그동안 치료를 하나 늘리려면 생활비 영역에서 허리띠를 졸라매는 수밖에 없어 숨이 턱 막히곤 했는데, 이제 조금은 안심할 수 있었다.

이제 남은 건 ‘어떤 치료를 추가로 해야 할까?’였다. 언어 치료를 주 3회로 늘릴지, 아니면 새로운 치료를 병행할지 고민이 깊어졌다. 답답한 마음에 센터장님에게 도움을 청했다. 센터장님은 잠시 고민 후에 이렇게 말했다.

“놀이 치료를 병행해 보세요. 언어 발달이 느린 아이들은 친구들과 어울려 노는 게 어렵다 보니 놀이 확장이 어렵고, 그게 사회성에도 영향을 줘요."

준이는 성격이 활발하고 또래와의 상호작용도 괜찮았기에 심리놀이보다는 발달놀이 중심의 놀이 치료를 권유받았다. 며칠 동안 고민하면서 여러 곳을 알아보다 보니, '놀이 확장 중심의 놀이 치료'가 지금 준이에게 꼭 맞을 것 같았다.

그렇게 치료 방향은 정해졌다. 주 2회의 언어 치료, 주 1회의 놀이 치료. 총 주 3일의 치료가 시작되었다. 밸런스를 고려해 월요일과 금요일에는 언어 치료를, 수요일에는 놀이 치료를 세팅했다. 치료 일정표를 냉장고에 붙여놓고 매주 달력에 스티커를 붙이며 아이와 함께 "우리 잘 해 보자!"라고 다짐했다.

치료를 시작할 때만 해도 1~2년이면 이 역경이 지나갈 줄 알았다. 하지만 그때의 나는 몰라도 너무 몰랐다. 이 길이 얼마나 긴지, 또 얼마나 많은 인내를 요구하는 지난한 여정인지.

우리 아이가 조금 다르다는 것이 확실해졌을 때, 무엇부터 하면 좋을까요?

Q. 우리 아이가 또래보다 느린 것 같은데, 당장 병원에 가야 할까요?

그런 생각이 드는 순간 당장이라도 병원에 가야 할 것 같은 마음이 드는 건 너무나 자연스러운 일입니다. 저도 처음엔 걱정되는 마음에 병원부터 예약했거든요. 그런데 막상 병원에 가면 "조금 더 지켜보자."라는 말만 듣고 돌아오는 경우가 있습니다.

그때부터 저는 집에서 아이의 일상을 조금 더 세심하게 관찰하고, 작은 변화라도 기록해 두기 시작했습니다. 그렇게 기록한 내용을 바탕으로 다시 병원에 갔을 때는 의료진도 훨씬 구체적으로 판단하고 상담해 줄 수 있었습니다.

지금 가장 필요한 건, 불안을 기록과 준비라는 실행으로 바꾸는 것입니다. 그리고 그 기록을 들고 빠른 시일 내에 전문가와 상의하세요. 이건 혼자 판단할 수 없는 영역입니다.

Q. 아이의 어떤 행동을 기록해야 도움이 될까요?

병원이나 센터에 가서 무엇을 말해야 도움이 될지 몰라 헤매는 경우가 많습니다. 처음이니까요. 게다가 내 아이의 행동이니 크게 잘못되었다고 느끼기도 어렵죠. 이런 상황에 도움이 되고자 몇 가지 체크리스트를 만들어 보았습니다.

★ 병원이나 센터에 가기 전 기록해 둘 아이의 행동

☐ 아이가 매일 반복하는 행동이 있는가? 어떤 행동인가?

☐ 또래 아이들에 비해 안 하는 행동이 있는가?

☐ 이름을 불렀을 때 반응이 느린가? 눈을 잘 마주치는가?

☐ 아이 혼자 노는 시간이 많은가? 사람(또래, 가족 등)과 상호작용이 있는가?

휴대폰 메모장이나 일기에 매일 조금씩 기록해 보세요. 영상으로 짧게 남겨 두는 것도 좋습니다. 이 기록들은 상담이나 진료에 정말 큰 도움이 되어 줄 것입니다. 막연한 걱정을 근거 있는 이야기로 바꿔 주기 때문입니다.

Q. 가족이나 주변 사람들에게 아이가 겪고 있는 일을 말해도 될까요?

솔직히 말하면 스스로 어느 정도 초연해지기 전까지는 말하지 않는 것이 좋습니다. "그 정도는 괜찮아.", "원래 애들마다 크는 속도가 다른 법이야." 이런 말들이 오히려 부모 마음을 더 혼란스럽게 하니까요. 부모가 자신의 마음을 지킬 줄 아는 것도 중요합니다.

Q. 불안한 마음이 계속되면 어떻게 해야 할까요?

저는 처음 진단을 받은 뒤에 검색을 정말 많이 했습니다. 밤마다 눈물이 나고, 혼자 무서웠거든요.

그럴 땐, 믿을 수 있는 커뮤니티를 통해 같은 상황의 부모들을 만나는 것도 좋은 방법입니다. 나만 이런 상황에 놓인 게 아니라는 걸 알게 되면, 같이 싸우고 버티는 사람들이 있다는 걸 알게 되면 불안 속에서도 조금은 중심을 잡을 수 있어요. 막막함과 외로움이 조금 줄어들어요.

발달 검사에 대한 A to Z를 알고 싶어요

Q. 발달 검사는 어디에서 받아야 하나요?

발달 지연은 단순히 언어만 늦는 문제가 아닐 수도 있습니다. 언어뿐만 아니라 인지, 감각, 신체, 정서 등 다양한 문제가 얽혀 있을 수 있거든요. 때문에 가능하다면 소아청소년과, 재활의학과, 정신건강의학과 등 여러 과가 협진하는 병원에 찾아가는 것을 추천합니다. 한곳에서 다양한 시각으로 아이를 바라보고 평가해 줄 수 있다면 이후 치료 방향을 정하는 데 정말 큰 도움이 됩니다.

꼭 대학병원이 아니어도 협진 시스템이 잘 갖춰진 곳이라면 충분히 좋은 선택이 될 수 있습니다. 중요한 건 어떤 결과를 받느냐보다 그 결과를 가지고 어떻게 다음 단계로 이어가는가입니다.

Q. 검사 종류가 너무 많아서 헷갈려요. 꼭 받아야 하는 검사는

맞아요. 검사 항목이 많아서 처음 겪을 땐 어렵게 느껴질 수 있습니다. 대표적인 발달 검사의 종류를 정리해 보자면 이렇습니다.

★ 대표적인 발달 검사의 예시

- **발달 평가**(K-CDI, K-WPPSI 등)

  아이의 전반적인 발달 수준을 알아보는 검사입니다.

- **언어 평가**(SELSI, PRES 등)

  언어 이해력, 표현력 등을 평가해서 언어 치료 필요 여부를 판단합니다.

- **감각 및 행동 평가**(CARS, CBCL)

  자폐 스펙트럼 여부, 정서 행동 발달 상태를 체크합니다.

- **지능 검사**(K-WPPSI-IV)

  인지 능력을 확인하는 검사입니다.

- **의학적 검사**(청력, 뇌파, 유전자 검사 등)

  밝혀지지 않은 기저 질환이 발달 문제의 원인인지 확인하기 위해 실시하는 검사입니다. 모든 아이가 받는 것은 아니고, 주치의의 판단에 따라 달라집니다.

Q. 검사 비용은 얼마나 드나요? 실비 보험으로 보장받을 수 있나요?

검사 비용은 병원마다 차이가 큽니다. 저의 경우는 30만 원에서 70만 원까지 발생했습니다.

청력 검사나 뇌파 검사 같은 의학 검사에 건강 보험이 적용되기도 합니다. 실손 보험이 있다면 일부 항목은 보장받을 수 있겠지만, '발달'이라는 단어가 진료 기록에 남으면 그 이후 보험 가입에 영향을 줄 수 있으니 꼭 미리 점검해야 합니다.

Q. 모든 검사를 한 번에 받아야 하나요?

그렇지 않습니다. 아이의 상태에 따라 2~3회로 나눠서 진행하는 경우도 많고, 병원에서 아이의 컨디션에 따라 나눠서 예약을 잡아 주기도 합니다. 급한 마음에 한 번에 다 하려다 아이가 힘들어하면 오히려 부정확한 검사 결과를 받게 될 수 있습니다. 아이 컨디션은 엄마가 가장 잘 알기 마련이니 무리하지 않도록 병원에 조율을 요청하세요.

저도 검사를 받고 나면 바로 결과가 나오는 줄 알았는데 생각보다 시간이 오래 걸립니다. 보통 2주에서 한 달 정도 걸려요.

진단은 검사 결과뿐 아니라 주치의의 판단과 병원 내 회의 결과 등을 종합해서 내려지는 것이기 때문에 기다리는 부모 입장에서는 그 시간이 꽤 길게 느껴집니다. 마음이 조급해질 수 있어요. 하지만 그 기간 동안 마음을 정리하며 다음 단계를 준비하는 시간이라고 생각하면 아이에게도, 본인에게도 도움이 됩니다.

발달 지연과 발달 장애의 차이점과 진단 이후가 궁금해요

Q. 발달 지연과 발달 장애는 서로 다른 건가요?

맞아요. 발달 지연(R62.0)은 엄연한 진단명이에요. 따라서 발달 장애와는 명확한 구분이 필요해요.

발달 지연은 특정 시기에 발달이 늦은 상태로, 원인과 경과에 따라 회복 가능성이 있어요. 반면 발달 장애는 특정 영역에 지속적인 어려움이 있는 상태를 의미해요. 예를 들어 자폐 스펙트럼 장애(F84.0), 지적 장애(F70~), 언어 장애(F80~) 등이 여기에 해당돼요.

진단 코드가 R62든 F80이든, 보험 심사나 지원 제도에서는 기록 자체가 기준이 되기 때문에 첫 진단이 어떤 코드였는지, 이후 진단이 바뀌었는지 그 여부가 중요해요.

Q. 진단을 받으면 바로 장애 등록이 되는 건가요?

아니요. 장애 등록은 진단과 별개의 절차입니다. 의사의 진단은 말 그대로 아이의 현재 상태를 평가하는 의료적 판단이고, 장애 등록은 국가 기준에 따라 의학적 소견에 일상생활에서의 기능 수준을 더해 심사받아야 해요. 즉, 진단을 받았다고 해서 바로 어떤 제도에 자동으로 연계되거나 등록이 되는 건 아니에요. 하지만 진단 기록은 아이에게 지원이 필요할 때 부모가 활용할 수 있는 첫 단추가 됩니다. 치료 방향을 잡는 데도 중요한 출발점이 되고요. 그러니 좋은 타이밍에 병원에 방문해 진단을 받는 것이 큰 도움이 될 수 있습니다.

Q. 나중에 진단명을 바꿀 수도 있나요?

불가능한 건 아닙니다. 하지만 진단명이 바뀌었다고 해서 기존 기록이 지워지는 건 아니에요. 예를 들어, 처음엔 발달 지연(R62.0)으로 진단받았지만, 나중에 자폐 스펙트럼 장애(F84.0)로 진단명이 바뀌는 경우도 있어요. 반대로 'F코드'를 받았지만, 이후 치료 반응이 좋고 기능이 향상되어 더 이상 치료나 진단명이 필요하지 않은 경우도 있습니다.

하지만 재차 말하듯, 보험사나 제도 심사에서는 '처음 기록된 진단명'을 기준으로 삼는 경우가 많기 때문에 반드시 진단 전에 보험을 먼저 점검해야 합니다. 백번 말해도 아깝지 않습니다. **'진단 전에 보험 먼저 점검!'**

Q. 진단을 받으면 바로 치료를 시작해야 하나요?

결론부터 말하면 빠를수록 좋습니다. 물론 아이마다 상황은 다르지만, "조금 더 지켜보자."라는 말은 아이에게 갈 기회를 빼앗는 것일 수 있어요.

'지연'이 단순히 늦는 것인지, 구조적인 문제인지 확인하는 가장 좋은 방법은 바로 치료를 받아 보는 것입니다. 치료에 대한 반응이 좋다면 발달 과정을 빠르게 따라올 수도 있어요. 반면 반응이 적다면 구조적인 지원이 더 필요할 수 있어요.

발달 지연 치료에 대한 정보가 필요해요

Q. 발달 지연 치료의 종류와 선택 기준을 알고 싶어요.

아이가 발달 지연을 진단받으면 가장 먼저 '어떤 치료를 받아야 할까?'를 고민하게 됩니다. 이때 부모가 선택해야 하는 것은 '언어 치료냐 놀이 치료냐?'가 아닙니다. 치료의 목표, 담당 치료사의 자격, 실비 보장 여부, 병원 연계 여부 등을 고려해 치료의 종류를 결정해야 합니다.

발달 지연 치료는 크게 두 갈래로 나눌 수 있습니다. 다음의 설명을 참고해 치료를 선택하세요.

★발달 지연 치료의 종류

① 의료 기관에서 진행하는 치료

- 병원 부설 치료실에서 진행합니다.

- 자격을 갖춘 전문가가 진행하고, 실손 보험을 청구할 수 있습니다.

② 사설 민간 센터에서 진행하는 치료

- 상담심리센터, 민간 발달센터 등에서 진행합니다.

- 실손 보험 청구는 불가합니다.

Q. 병원에서 아이의 치료를 권유해요. 발달 지연 치료에는 어떤 종류가 있나요?

발달 지연 치료에는 아이의 부족한 부분을 보완하고 발달을 끌어올려 주는 다양한 방식이 있습니다. 대표적으로는 언어 치료, 놀이 치료, 감각 통합 치료, 작업 치료, 인지 치료 등이 있고, 경우에 따라 미술 치료나 음악 치료를 권장하기도 합니다. 치료의 종류는 아이의 상태와 필요에 따라 결정되고, 부모가 함께 참여하면서 방향을 찾는 경우도 많습니다. 다음의 설명을 참고해 우리 아이에게 필요한 치료는 무엇인지 생각해 보세요.

★발달 지연 치료의 종류

① 언어 치료

말이 늦거나, 말이 통하더라도 수월하게 통하지 않는 아이들에게 꼭 필요한 치료입니다. 언어를 이해하고 표현하는 능력, 조음(발음) 훈련 등 다양한 영역을 다룹니다. 아이의 현재 발달 수준에 맞춰 단계적으로 접근하며, 일상 속 의사소통 능력을 자연스럽게 확장하는 데 목적이 있습니다.

- 대상: 말이 늦는 아이, 말을 하긴 하지만 이해력이나 표현력이 떨어지는 아이.
- 보장 가능성: 실손 보험 보장 가능.
- 필요 자격증: 언어 재활사.

② 놀이 치료

놀이를 통해 아이의 정서와 사회성을 발달시켜 주는 치료입니다. 말로 표현하기 어려운 아이의 감정을 읽어 주는 역할도 합니다.

- 대상: 정서 불안, 또래관계에서 어려움을 겪는 아이, 감정 표현이 서툰 아이.
- 보장 가능성: 일부 보험사 거절(민간 자격자 진행 시 보장되지 않음).

③ 감각 통합 치료

몸짓이 서툴거나, 소리에 지나치게 민감하거나 둔감한 아이, 옷에 예민하게 반응하는 아이 등에게 추천하는 치료입니다. 감각 자극에 대한 반응을 조절하고 균형 감각을 키우는 훈련을 중심으로 합니다.

- 대상: 감각이 민감하거나 둔감한 아이, 신체 사용이 서툰 아이.
- 보장 가능성: 실손 보험 보장 가능.
- 필요 자격증: 작업 치료사.

④ 작업 치료

대근육·소근육 사용과 일상생활 기술 발전을 도와주는 치료입니다. 예를 들어 젓가락질, 단추 채우기, 옷 입기 등을 익히는 데 도움을 줍니다. 아이의 감각 처리와 신체 조절 능력을 함께 키워 보다 안정적으로 일상생활을 수행할 수 있도록 돕습니다.

- 대상: 손과 같은 신체 사용이 어색한 아이, 자조기술 발달이 늦은 아이.
- 보장 가능성: 실손 보험 보장 가능.
- 필요 자격증: 작업 치료사.

⑤ 인지 치료

집중력, 문제 해결력, 기억력 등 생각하는 힘을 길러 주는 치료입니다. 학습이 느리거나 지시를 이해하는 데 어려움을 겪는 아이에게 도움이 됩니다.

- 대상: 또래보다 인지가 느린 아이, 사고력 부족이 의심되는 아이.
- 보장 가능성: 실손 보험 보장 가능(자격 갖춘 전문가 진행 시).
- 필요 자격증: 임상심리사 등 인지 치료 관련 전문가 자격.

⑥ 미술 치료·음악 치료

미술이나 음악이라는 매체를 활용해 감정을 표현하도록 도와주는 치료 방식입니다. 주로 정서 지원의 목적이 크고, 자존감

향상에도 도움이 됩니다.

- 대상: 우울감·불안 등 감정 조절에 어려움을 겪는 아이.

- 보장 가능성: 실손 보험 보장 불가(민간 자격증이 많기 때문).

3장

그래도 우리는 계속 나아간다

기다림의 시간

언어 치료는 기다림의 연속이었다. 언어 치료를 시작하면 금세 변화를 보일 거라고 생각했지만, 아이의 입은 좀처럼 열리지 않았다. 매주 같은 시간, 같은 공간, 같은 선생님과의 치료 시간이 이어졌지만 뚜렷한 진전은 보이지 않았다.

'언어 재활사 선생님을 바꿔야 하나? 아니면 내가 조급한 걸까?'

지금 생각해 보면, 단지 때가 아니었을 뿐이었다. 그만큼 기다림의 시간은 길었고, 무엇보다도 간절했다.

언어 치료 8개월 만에 준이의 입에서 새로운 단어가 나왔다. 다름 아닌 "아빠"였다. 그 순간이 아직도 선명하다. 준이의 입에서 또렷한 소리가 흘러나오는 순간, 온몸에 전기가 흐르는 듯했고, 저절로 눈물이 차올랐다. '기적이라는 말이 이런 순간에 쓰이는 거구나.' 싶었다.

하지만 기쁨도 잠시였다.

'이제 겨우 한 단어…. 앞으로도 이렇게 더디면 어떡하지?'

기쁨과 불안이 한데 섞여 마음이 복잡해졌다.

보통 아이들은 계단식으로 성장한다고 한다. 그런데 준이는 하늘로 솟구치듯 성장했다. 처음엔 한 단어, 그 다음엔 두 단어를 붙여 말하기 시작했고, 그리고 어느새 자신이 하고 싶은 말을 짧게라도 표현하기 시작했다. 급격히 성장하는 준이의 모습을 보며, 나는 매번 놀라고 감동했다. 걱정이 무색해지는 순간이었다.

'이런 속도라면 금방 괜찮아질 수도 있겠다.'

하지만 아이의 발달은 언제나 내 뜻대로만 흘러가지는 않았다. 말이 트인 후 얼마 지나지 않아 다시 발달 검사와 언어 검사를 받게 되었다. 이제 그 결과가 우리가 걸어온 시간의 답이 되어 줄 차례였다.

아이의 언어 능력은 눈에 띄게 성장했다. 하지만 그 기쁨도 잠시, 두 번째 난관이 기다리고 있었다. 바로 조음(발음)이었다. 검사를 담당한 언어 재활사 선생님은 조심스럽게 말했다.

"어머님, 준이는 현재 부정확한 발음으로 말을 하고 있어요. 앞으로 조음 치료를 해야 하는데, 이 부분은 아이들이 특히 힘들어하는 과정이에요. 아이가 아직 어려서 어떻게 받아들일지 몰라 말씀드리기가 조심스럽네요."

그리고 잠시 말을 고르더니 덧붙였다.

"하지만 조음 치료는 분명 필요해요. 다만 어머님이 목표를 명확히 하셔야 합니다. 예를 들어 방송인 노○○ 씨 아시죠? 그분은 '시옷'을 'th'로 발음하잖아요. 그분처럼 '정확하지는 않아도 의사소통이 가능한 수준'을 목표를 두실 건지, 아니면 '완전하고 명확한 발음'을 목표로 두실 건지 정해서 치료 방향을 맞추면 됩니다."

잠시 멍한 기분에 빠졌다.

'이제 말이 트여서 한시름 놓았다고 생각했는데 또 다른 벽이 기다리고 있구나…'

그 당시 준이의 조음 능력은 32퍼센트 수준으로, 언어장애 등록이 가능할 정도였다. 담당 의사 선생님도 "언어 장애 등록을 고려해 보시겠어요?"라고 물으셨고, 나는 잠시 망설이다가 "생각해 보겠습니다."라고 결정을 미뤘다.

당시 비장애 아동의 경우 만 6세까지만 발달재활서비스 바우처를 사용할 수 있었다. 그 후 전국장애인부모연대 발달지연특별위원회의 활동으로 만 9세까지 확대되었지만, 당시는 아직 제도 변경 전이었다. 아이의 치료가 장기화된다면 바우처 지원이 끊길 수도 있었다. 게다가 준이는 2월생이라, 또래보다 기회가 훨씬 적었다.

고민 끝에 나는 준이를 심하지 않은 언어 장애로 등록하기로 결정했다. 경제적인 이유도 있었지만, 더 큰 이유는 치료를 중단하지 않기 위해서였다.

그 후 아이는 점점 수다쟁이로 변해갔다. 물론 발음은 여전히 부정확했다. 엄마와 언어 재활사 선생님만 알아들을 수 있는 말일지라도 내겐 무엇보다도 큰 위로였다.

치료 방법도 조음 중심으로 바뀌었다. 준이는 처음엔 조음 치료를 힘들어했지만, 점차 적응했다. 가끔은 "가기 싫어!" 하며 떼를 쓰기도 했는데, 그럴 땐 한 번씩 '자유 놀이 수업', 즉 놀듯이 배우는 시간을 가지며 숨을 돌렸다.

세 번째 언어 검사에서는 조음 능력이 60퍼센트, 네 번째 검사에서는 70퍼센트까지 향상되었다. 결과지를 손에 쥘 때마다, 그동안의 시간, 나와 남편의 노력, 그리고 무엇보다도 우리 준이의 노력이 헛되지 않았음을 느꼈다.

준이는 점차 언어 치료를 힘들어하지 않게 되었다. 선생님과의 관계도 안정적이었고, 수업 시간마다 웃는 얼굴이었다. 얼마나 감사한 일인지, 얼마나 바라던 일인지 모른다.

놀이 치료는 바우처 지원을 받기 시작한 이후부터 꾸준히 이어 왔다. 선생님이 세 번이나 바뀌었지만, 준이는 크게 흔들리지 않았다. 아이는 놀이 치료 시간을 진심으로 즐거워했다. 그곳에는 평가나 교정이 아닌 '놀이'가 있었고, 그 속에서 아이는 자연스럽게 말하고, 웃고, 표현했다.

언어 치료와 놀이 치료는 별개의 치료지만, 나는 두 치료 시간을 하나로 엮고 싶었다. 그래서 선생님들께 부탁했다.

"언어 치료에서 배우는 단어들을 놀이 치료에서도 사용하게 해 주세요. 그 단어들을 발화할 기회를 많이 만들어 주시면 좋겠어요."

놀이 치료 선생님뿐 아니라 어린이집과 유치원 선생님

께도 똑같은 부탁을 했고, 다행히 모든 선생님이 적극적으로 협조해 주셨다.

"오늘은 ○○라는 단어를 말했어요."

"이 단어를 친구들과 함께 쓰게 도와줄게요."

그렇게 하나의 단어가 가정, 치료실, 어린이집과 유치원에서 반복 사용되었다. 그리고 반복은 아이에게 언어 감각을 심어 주었다.

그 결과일까? 아이의 사회성이 눈에 띄게 좋아지기 시작했다. 놀이 확장도 자연스러워졌고, 친구들과의 관계에서도 자신감이 생겼다. 어린이집에서도, 유치원에서도 친구와의 트러블로 전화가 온 적은 단 한 번도 없었다. 선생님이 말하는 준이는 이런 아이였다.

"준이는 친구를 잘 도와줘요."

"준이는 항상 밝게 웃고 다녀요."

그런 말을 들을 때마다 내 마음에 따뜻한 봄바람이 잔잔히 번져 나갔다. 돌이켜보면 준이도 오랜 시간 동안 정말 많은 노력을 했다. 낯선 공간에서도, 끝없는 훈련 속에서도 포기하지 않았다. 많이 힘들었을 텐데, 그 작은 아이가 모든 것을 버텨 주었다. 너무나도 고마운 마음이다.

보험이라는 벽 앞에서

얼마 동안은 숨을 돌릴 수 있었다. 치료도 안정적으로 이어졌고, 아이도 유치원에 잘 적응했다. 그렇게 큰 고비를 넘긴 줄 알았다.

하지만 언제나 그렇듯 평온함은 오래가지 않았다. 불안은 예고 없이 돌아왔다. 또 다시 나를 그 험악한 자리로 돌려놓았다.

평소처럼 아이를 유치원에 보내고, 시원한 커피 한 잔을 손에 쥔 어느 아침이었다. 전화벨이 울렸다. 보험사의 실사 담당자였다. 그는 다짜고짜 이렇게 말했다.

"아이의 언어 치료에 대한 적정성 평가가 필요해서 의료 자문을 진행하려 합니다."

심장이 철렁 내려앉았다.

"그럼 지금 신청해 둔 실손 보험금은 어떻게 되는 거예요?"

담당자의 대답은 냉정했다.

"자문 결과에 따라 지급 여부가 결정됩니다."

속이 뒤집히는 것 같았다. 그동안 청구해 온 실비가 한순간에 끊길 수도 있다니. 그런 생각은 단 한 번도 해 본 적이 없었다. 그저 꾸준히 치료받고, 성실하게 청구하면 되는 줄로만 알았다. 보험금 지급을 중단할 수도 있다는 말은 앞으로의 치료 자체가 흔들릴 수 있다는 말과도 같았다.

"그럼 저는 어떻게 해야 하죠?"

"곧 대면 담당자가 연락을 드릴 겁니다. 자문을 위해 필요한 서류를 안내해 드릴 거예요."

그날부터 또다시 초조함에 휩싸였다. 벼랑 끝에 선 느낌이었다.

며칠 후, 대면 담당자에게서 연락이 왔고, 우리는 집 근처에서 만났다. 손이 바들바들 떨렸다. 담당자는 의료 자문을 위한 서류를 보여 주며 위임장을 작성해 달라고 했다. 의료 정보를 요청하기 위한 절차라고 했다. 나는 아무것도 모른 채, 그가 내미는 서류에 하나씩 서명했다. 그러면서 내 마음속에 쌓여 있던 이야기를 털어놓았다.

"우리 애는요, 예전보다 많이 좋아졌어요. 치료를 시작했을 땐 말을 거의 못했는데 지금은 또래보다 배움이 빠를 정도예요. 계속 치료하면 초등학교에 입학하기 전에 치료를 종결할 수 있을지도 몰라요. 그만큼 좋아졌어요.”

나는 간절한 마음으로 치료가 왜 필요한지 설명했다. 그 사람이 우리 아이의 상황을 이해하고, 잘 전달해 주기를 바라는 마음에서였다. 그는 고개를 끄덕이며 말했다.

“그렇군요. 정말 다행이에요. 요즘은 자문 통과 비율이 높으니 잘될 거예요. 너무 걱정 마세요.”

그 말을 듣고 잠시나마 마음을 놓았다.

‘그래, 아무 일도 없이 잘 넘어갈 수 있겠지…’

하지만 얼마 뒤, 나는 충격적인 사실을 알게 되었다. 그 사람은 손해사정사가 아닌, 손해사정사 보조인이었다. 내가 아무리 절절하게 우리 아이의 상황을 설명해도 그에게는 판단 권한이 없었다. 의료 자문에 아무런 영향력도 미칠 수 없는 사람이었다. 그날 내가 열심히 토로한 것들은 무엇인지, 나는 그저 공허해졌다.

온몸에 힘이 빠졌다. 그리고 참을 수 없는 분노가 치밀어 올랐다. 하지만 이미 서명은 끝났고, 서류는 제출되었으며, 무엇도 되돌릴 수 없었다. 그렇게 나는 다시 기다림의 시간에 뚝 떨어지고 말았다.

얼마 뒤, 의료 자문 결과가 나왔다. 진단 코드는 'F80(표현언어 장애)'. 충격적이었다.

'왜 F코드지? 발달 관련 F코드는 실비 면책이잖아…. 그럼 우리 준이 이제 실손 보험으로 치료 못 받는 건가?'

머릿속이 하얘졌다. 질문과 두려움이 한꺼번에 밀려왔다. 나는 즉시 항의했다.

"우리 아이는 정신과 근처에도 가본 적 없고, 현재 진료받고 있는 곳은 재활의학과입니다. 게다가 지금 언어 치료를 받고 있는 치료센터는 이비인후과 소속의 발달센터인데 무슨 근거로 정신과에서 자문을 진행한 건가요?"

그러자 보험사 담당자는 이렇게 말했다.

"그건 저희가 결정하는 부분이 아닙니다. 의료 자문은 외부 자문 컨설팅 회사에 의뢰하는 것이고, 저희는 그 결과를 받아보기만 합니다. 저희는 아무것도 관여하지 않았습니다."

그 말과 동시에, 또 하나의 충격적인 통보가 이어졌다.

"F80(표현언어 장애)은 실손 보험 약관상 면책 질병 코드에 해당되어 보험금 지급이 어렵습니다."

말문이 턱 막혔다. 우리 아이를 직접 진료하고 진단한

병원의 기록이 아니라 서류 몇 장을 봤을 뿐인 자문의의 판단이 더 우선이라는 게 말이 되는 일인가? 무언가 크게 잘못되었다는 생각이 들었다.

그래서 나는 제3의료기관 판정을 요청했다. 약관상 제3의료기관 판정은 '계약자와 보험사가 서로 합의하여 병원과 진료과를 정할 수 있다.'라고 명시되어 있었다. 하지만 보험사는 완강했다.

"1차 자문에서 F코드가 나왔고, 어머님이 이미 아이의 언어 장애를 등록하셨으니 제3의료기관 자문도 정신과로 진행할 수밖에 없습니다."

납득할 수 없었다. 장애 등록을 했다는 이유로 정신과를 고집하다니. 그러던 중, 보험사 실사 담당자가 결정적인 말을 내뱉었다.

"고객님이 자녀분 장애 만들어 놓고, 이제 와서 장애 아니라고 우기시는 거 아닙니까?"

그 말이 내게 날아와 꽂혔다. 어떻게 그런 말을 할 수가 있지? 이런 말을 들으려고 장애 등록을 한 게 아니었다. 나는 사랑하는 내 아이의 진단과 현실을 정직하게 마주했고, 아이에게 필요한 치료를 정당하게 받기 위해 필요한 절차를 밟은 것뿐이었다.

담당자에게 사과를 요구했지만, 그는 끝내 사과하지 않았다. 나는 고객센터를 통해 여러 차례 담당자 변경을 요청했지만, 바뀌는 건 아무것도 없었다. 내게 그런 수치스러운 말을 한 사람과 계속 통화할 수밖에 없는 상황이었다. 억장이 무너졌다. 이 모든 상황이 내 잘못인 것처럼 느껴졌고 지금까지의 모든 선택이 후회됐다.

그 뒤로 나는 많은 것을 찾아봤다. 알고 보니 외국에서 의학 용어를 번역해 들여오면서 용어와 분류에서 많은 오류가 생겼고, 그중 일부 정신과 진단 코드(Disorder 계열)는 행정상 '장애 등록'에서 말하는 '장애'와는 전혀 다른 개념이었다.

나는 결심했다. '공부하자. 내가 우리 아이를 지켜야 하니까. 치료가 막히지 않도록, 이제는 내가 자세히 알아야겠다.'

우연히 보험사에서 운영하는 교육 프로그램을 알게 되었고, 나는 망설이지 않고 신청했다. 그렇게 보험에 대해 차근차근 배우기 시작했다. 보험 용어, 약관, 자문 절차…, 무엇 하나 허투루 넘기지 않았다.

그렇게 공부하는 동안, 아이의 제3의료기관 자문은 정신과로 다시 진행되었다. 조마조마하게 일주일이 흘렀다. 결과가 도착했고, 나는 마지막 희망을 담아 봉투를 열었다. 그런데… 역시나 F80. 일말의 희망마저 꺾인 순간이었다.

그날부터 며칠을 먹지도 자지도 못하고 울기만 했다. 하지만 문득 이대로 울고만 있을 수는 없다는 생각이 들었다. 사실 이런 부조리한 일이 내게만 일어나는 것이 아니라는 걸 커뮤니티와 비슷한 아이를 키우는 부모들을 통해 익히 들어 알고 있었다.

'그래, 이번에도 행동하자.'

분노와 억울함, 절망 속에서 나는 보험 관련 기사를 쓰는 기자들의 이메일을 찾아 취합했고, 밤을 새워 사연을 정리해 보내기 시작했다. 다행히 몇몇 기자로부터 답장을 받을 수 있었고, 그중 한 분은 직접 보험사에 방문해 상황을 확인해 주시기로 했다. 며칠 뒤, 그 기자에게 전화가 왔다.

"보험사 미팅 마치고 나오는 길이에요. 듣자 하니, 자녀분 일은 보험사에서 담당자가 진료 과를 잘못 지정한 것 같다고 하더라고요. 재활의학과로 다시 자문 보내도록 조치하겠다고 했습니다. 곧 보험사에서 어머님께 연락드릴 거래요.”

절박함으로 만들어낸 세 번째 의료 자문은 재활의학과에서 진행되었고 결과는 너무나 당연하게도 ‘R62(발달 지연)’였다. 멈춰 있던 보험금이 지급되기 시작했다. 지독한 싸움의 끝이었다.

하지만 내 한편에는 찝찝함이 남아 있었다. ‘만약 내게 이런 일이 일어나지 않았다면?’ 내 앞에 우뚝 세워졌던 벽을 떠올리자 씁쓸한 미소가 흘러나왔다.

이 경험을 통해 나는 보험의 구조, 약관, 의료 자문 절차를 공부했고, 보험 설계사 시험에 합격했다. 아이를 지키겠다는 마음 하나로 시작한 공부가 내 삶 전체를 바꾸어 놓았다.

의료 자문을 기다리던 두 달은 정말 억겁과도 같았다. 매일 희망과 절망 사이를 수없이 오갔다. 그리고 아이의 문제를 해결한 그 순간, 나는 깨달았다. 그 시간 동안 내가 무너지고 있었음을. 끝없이 이어진 불안과 우울감은 결국 나를 정신과로 이끌었다. 아이의 치료를 위해 보험과 제도를 공부하던 엄마는 결국 치료가 필요한 사람이 되어 있었다.

내 아이는 다시 치료를 받을 수 있게 되었고, 나는 다친 내 마음을 마주하게 되었다. 어찌 됐든 다행이었다.

끝날 듯 끝나지 않는 여정

언어 치료는 어느덧 아이의 삶에 자연스럽게 녹아들었고, 조음 치료를 겸하며 문장 구성과 대화 흐름의 이해하고 상황에 맞는 표현까지 배우게 된 아이는 이제 더 큰 세상으로 나아갈 준비를 하고 있었다.

놀이 치료는 소규모 그룹 치료로 전환되었다. 처음에는 준이보다 한 살 많은 형과 함께 수업을 진행했고, 이후에는 동갑 여자아이 두 명과 그룹을 이루었다. 준이는 사회성에 큰 문제가 없었지만, 승부욕이 강한 아이라 게임에서 지거나 자기 뜻대로 되지 않을 때마다 감정 조절을 어려워했다. 눈물을 터뜨리기도 했다. 그래서 치료 목표를 '감정 조절'과 '또래 협동'으로 바꾸었다.

그 무렵 준이는 유치원에서 특별활동으로 줄넘기를 배웠다. 줄넘기가 무척 즐거웠는지 어느 날에는 직접 학원에 다니고 싶다고 말하기까지 했다. 에너지가 넘치는 아이였기에 운동을 하나쯤 가르쳐야겠다고 생각하고 있던 참이었다. 놀이 치료 선생님께 아이를 줄넘기 학원에 보내는 게 어떨지 상의했다.

"준이는 감정 조절만 조금 더 안정되면 또래와의 관계에서 문제를 겪진 않을 거예요. 줄넘기, 아주 좋은 선택이에요. 시도해 보세요."

선생님의 그 말에 용기를 얻었다. 그렇게 놀이 치료를 종결하고, 준이는 줄넘기 학원에 다니기 시작했다.

월요일과 금요일로 고정되어 있던 언어 치료는 꾸준히 이어지고 있었다. 아이의 하루가 조금 더 바빠졌지만, 즐거워하는 모습을 보니 마음이 놓였다.

그러던 어느 날, 유치원 선생님에게 전화를 받았다.

"준이가 연필을 잘 못 잡아요. 가르쳐 줘도 그때뿐이에요."

유치원 졸업과 초등학교 입학을 앞두고 있던 시기라 마음이 조급했다. 마침 발달 검사와 언어 검사를 위해 병원 예약이 되어 있어 교수님께 대근육·소근육 검사를 문의했다. 다행히 여러 검사를 진행할 수 있었다. 결과는 뜻밖이었다.

"대근육은 코어의 힘이 약하고, 움직임이 전반적으로 둔한 편이에요. 소근육은 기능면에서는 문제가 없지만, 민첩성과 협응, 지구력 부분에서 약간 어려움을 보이네요."

교수님은 감각 통합 치료를 권하셨다.

'이제 언어 치료를 끝낼 수 있을 줄 알았는데…. 또 새로운 치료를 시작하게 되는구나.'

그간 잠잠했던 마음에 파문이 일었다. 잘 자라는 듯 보였지만, 발달의 여정에는 늘 예기치 못한 언덕이 있었다.

그렇게 주 1회의 감각 통합 치료가 시작됐다. 학원 일정이 있어서 시간 맞추기가 쉽지 않았지만, 잠시 옆 동네 실비센터를 다니다가 기존에 언어 치료를 받던 센터로 옮길 수 있었다.

감각 통합 치료에서는 주로 소근육 활동을 중심으로 연필을 바르게 잡는 법과 젓가락 사용 연습을 반복했다. 작은 구슬을 집어 옮기고, 색종이를 찢고 붙이는 활동 속에서 준이는 조금씩 손의 힘과 집중력을 길렀다. 그 모습은 말을 배우던 시절과 닮아 있었다. 천천히, 그러나 분명히 성장하고 있었다.

언어 치료에 익숙해진 준이는 이제 눈에 띄게 명료하고 정확하게 말하기 시작했고, 또래 아이들이 사용하는 문장들을 자연스럽게 구사해 나갔다. 어떤 날은 깜짝 놀랄 만큼 어려운 단어를 툭툭 꺼내 쓰기도 했다.

6개월 또는 1년마다 언어 검사 결과지를 받았는데 어느 날 보니 준이가 개월수에 딱 맞는 발달 상태가 되어 있었다. 너무나 기뻤다! 그동안 크게 힘든 내색 없이 이 시간을 묵묵히 달려와 준 아이가 한없이 예뻐 보였다. 결과지를 확인한 언어 재활사 선생님도 마치 자기 일처럼 기뻐해 주셨다. 그러면서 조심스럽게 치료 종결 시점을 이야기하셨다.

"초등학교 입학쯤에는 치료를 마쳐도 될 것 같은데, 어머님 생각은 어떠세요?"

마음이 뭉클했다. 오래도록 기다려 온 말이었는데 막상 들으니 왜 이렇게 아쉽고, 또 왜 이렇게 두려운지.

'정말 괜찮은 걸까?'

'혹시 내가 놓치고 있는 부분은 없을까?'

새로운 관문에 머릿속이 복잡해졌다. 하지만 돌이켜 보면 지금껏 보낸 시간 중 무엇 하나 헛된 일이 없었다. 모든 도전과 노력이 준이의 양분이 되어 아이의 성장을 도와주었을 것이다. 그러니 되었다. 우리는 이제 새로운 길에 설 준비가 되었다.

마침내 그 날이 찾아왔다. 2025년 4월의 마지막 날. 언어 치료실에는 따뜻한 봄볕이 스며들었고, 준이는 그날도 평소처럼 환한 얼굴로 선생님을 만났다.

수업을 마친 뒤, 선생님에게 "감사합니다." 하고 인사하는 준이의 뒷모습을 보며 우리가 또 하나의 도착점에 도달했음을 실감했다. 선생님과 나는 말없이 서로를 바라보았다. 5년 동안 함께 준이의 성장을 지켜보며 수없이 웃고 울었던 순간들이 주마등처럼 스쳤다.

"정말 고생 많으셨어요…."

봄이 오듯 우리에게도 따뜻한 마침표가 찾아왔다. 길고도 막막했던 시간의 끝에서, 우리는 마침내 '준이의 말'이라는 세계를 완성했다. 놀이 치료는 줄넘기로 이어지며 자연스럽게 마무리되었고, 언어 치료의 마무리도 이렇게 따뜻한 봄날과 함께 찾아왔다.

감각 통합 치료는 여전히 진행 중이다. 작은 움직임 하나하나에 집중하며, 준이는 여전히 자기만의 속도로 자라고 있다. 일상 속 섬세한 움직임을 익혀나가는 시간은 여전히 이 아이에게 꼭 필요한 과정이다.

하지만 나는 이제 안다. 조금 느릴 수는 있어도, 이 아이는 자기만의 속도로 분명히 앞으로 나아가고 있다는 것을. 그러니 얼마든지 기다릴 수 있다.

함께 자라는 시간

아이가 자라는 동안 나도 조금씩, 아주 조금씩 자랐다. 처음엔 무엇도 알지 못했다. 궁금한 게 생기면 어디에 질문해야 하는지, 무엇을 시작해야 하는지, 심지어 내가 겪는 불안이 특별한 감정인지조차 몰랐다. 병원 대기실에 앉아 보내는 수많은 시간 동안 생각했다.

'혹시 내가 뭔가 놓친 건 아닐까?'

'이 치료가 정말 내 아이에게 맞는 걸까?'

'다른 엄마들은 어떤 선택을 하고 있을까?'

그때 나는 늘 초조했고, 무언가 조금만 틀어져도 커다란 죄책감에 빠지곤 했다. 주변에서는 다 "때가 되면 괜찮아진다.”라고 했지만, 정작 그 ‘때’가 언제 올지 알 수 없다는 것이 엄마로서 가장 두려운 일이었다.

어린이집에 보낼 때만 해도 특수 교육 대상자에 대한 정보가 전혀 없었다. 유치원 역시 준이가 사람을 좋아하고 낯선 환경에도 잘 적응하기 때문에 그것 하나만 믿고 일반 유치원으로 보냈다. 초등학교 입학을 앞두고는 특수 학급도 고민했지만, 의사소통이 잘 되고 학습에도 무리가 없었기에 결국 선택하지 않았다.

모든 순간이 선택의 연속이었다. 정답이 없기에 늘 고민해야 했다. 그때마다 내가 기준으로 삼은 것은 단 하나였다.

‘이 아이에게 지금 가장 필요한 것은 무엇일까?’

그렇게 하나하나 검사를 받았고, 때로는 마주한 결과에 마음이 무너지기도 했지만, 모든 가능성을 열어 두기 위해 의구심 하나 남기지 않는 선택을 했다. 그 판단이 지금까지 내 아이의 길을 흔들리지 않게 만들어 주었다.

정신건강의학과 전문의이자 소아·청소년정신과 전문의인 오은영 박사님은 이런 말씀을 하신 적이 있다.

“아이를 키운다는 건, 아이가 성인이 되어 스스로 살아갈 수 있는 힘, 독립을 준비시키는 일입니다.”

그 말이 내 마음속 깊은 곳에 자리를 잡았다. 나는 '내 아이의 독립'을 위해 아이가 조금 느리다는 사실에 좌절하지 않으려 애썼고, 매일 공부하고, 때로는 울고, 다시 일어서며 아이를 가르쳤다.

그 과정에서 나는 엄마로서의 틀을 다시 만들었다. 다른 아이들과 비교하지 않기 위해 마음을 다잡았고, 작은 변화 하나에도 크게 기뻐하는 법을 배웠다. 남들 눈에 보이지 않는 성장을 믿는 것, 그건 매일매일 스스로에게 건네는 기도 같았다.

놀랍게도 준이는 정말로 성장했다. 말이 없던 아이가 표현을 하기 시작했고, 남들보다 더디지만 확실하게 세상을 이해해 나갔다. 5년이라는 시간을 함께한 언어 재활사 선생님과 서로 고생 많았다며 눈물을 흘린 그날, 나는 마음속으로 이렇게 속삭였다.

'준아, 엄마는 너를 기다릴 수 있어서 정말 좋았어. 너를 만나서 정말 다행이야.'

엄마가 된다는 것은 단지 아이를 돌보는 일이 아니다. 아이의 가능성을 끝까지 믿고, 누구보다 더 단단한 마음으로 곁을 지키고 서 있는 일이다.

이제야 조금 알 것 같다. 성장은 아이만의 몫도 아니고, 엄마만의 몫도 아니다. 그저 함께 시간을 걸어가는 일이다.

우리는 하루하루를 쌓으며 조금씩 더 나은 방향으로 나아갔다. 때로는 울고, 때로는 웃으며 함께 성장했고, 이제는 얼마든지 괜찮아질 수 있다고 서로에게 말한다.

앞으로도 긴 여정이 남아 있겠지만, 이제 나는 더 이상 겁내지 않는다. 준이가 나를 믿듯이, 나도 이 아이를 믿기로 했으니까.

이제 우리에게 남은 시간은 조급함이 아닌 믿음으로 채워지기를, 내가 아이를 기다려 온 시간들이 곧 양분이 되어 어느 날 아이가 스스로 피어나는 꽃이 될 수 있기를. 그날이 바람처럼 찾아올 때까지 매일 같은 자리에 서서 이렇게 말해 줄 것이다.

"괜찮아, 준아. 너의 속도로 가도 돼. 엄마는 늘 여기에 있을게."

발달 치료의 구분과 국가 지원 여부를 알고 싶어요

Q. 아이가 발달 지연 진단을 받았는데, 나라에서 어떤 지원을 받을 수 있나요?

발달 지연 치료는 대부분 비급여이기 때문에 비용 부담이 큰 편입니다. 그런데 다행히 국가에서 치료비를 일부 지원해주는 바우처 제도가 있습니다. 이를 '발달재활서비스 바우처'라고 부르며, 진단명이나 장애 등록 여부와는 상관없이 전문의의 발달 지연 소견서만 있으면 지원받을 수 있는 경우가 많습니다.

★ **발달재활서비스 바우처 제도란?**

발달재활서비스 바우처는 보건복지부에서 지원하는 제도입니다. 장애가 있거나, 장애는 없지만 전문의의 발달 지연 소견서가 있는 아이를 대상으로 합니다.

① **대상자**

• 만 18세 미만의 장애 등록 아동.

- 만 9세 미만의 비장애 아동 중, 소아과, 재활의학과, 정신건강의학과 전문의로부터 발달 지연 소견서를 받은 경우.

② 지원 내용

- 언어 치료, 인지 치료, 감각 통합 치료, 놀이 치료, 미술 치료, 음악 치료 등.
- 정부 지정 치료 기관에서만 이용 가능합니다.
- 지원 금액은 월 14~25만 원까지 소득에 따라 차등 지급됩니다.

③ 신청 방법

a. 주소지 주민센터에 방문합니다.

b. 진단서(또는 소견서), 건강보험증 등의 서류를 제출합니다.

c. 심사 후 지원 가능 여부가 통보됩니다.

바우처 신청은 한 번으로 끝나는 게 아닙니다. 매년 갱신 심사를 받을 수도 있고, 중간에 치료 유형을 바꿀 경우 변경 신청이 필요할 수도 있습니다. 또한 바우처로 치료를 받으면 기관마다 치료 가능 인원 제한이 있어서 대기 기간이 생기기도 하고, 지역에 따라 예산 편차가 커서 지원해도 떨어질 수 있습니다. 떨어졌다고 해서 낙담하지 마시고 기회가 있을 때마다 재신청해 보세요.

Q. 병원에서 조음 치료를 권유받았어요. 이건 언어 치료와 다른 건가요?

좋은 질문이에요! 조음 치료는 언어 치료의 한 종류입니다. 좀 더 정확하게 말하면 아이가 말을 하긴 하는데, 발음이 부정확하거나 잘 알아듣기 힘든 경우에 조음 치료가 필요합니다.

조음은 '소리 내는 방법'을 말하는 건데, '사과'를 '따과', '기차'를 '디따'라고 발음하는 아이들은 발음 기관(입술, 혀, 턱 등)의 조절이 서툰 경우가 많습니다. 이런 경우에는 언어 이해력이 괜찮더라도 말이 명확하게 들리지 않기 때문에 조음 치료가 필요합니다.

★ 조음 치료란?

① 대상자

- 말은 하지만 발음이 부정확한 아이.

- 특정 소리를 자꾸 틀리거나 다른 소리로 바꾸어 말하는 아이.

- 혀 짧은 소리를 자주 내거나 단어 중간 음절을 빠뜨리는 아이.

② 보장 가능성

- 실손 보험 보장 가능(언어 재활사 자격자 시행 시).

- 바우처 이용 가능(정부 지정 기관에서 치료 받을 경우).

🌱 치료 내용을 구체적으로 기록해 주는 기관에 방문하는 편이 나중에 보험 청구나 발달 기록을 연계할 때 더욱 유리합니다.

발달 지연 치료 관련 보험 정보가 부족해요

Q. 아이가 발달 지연 치료를 받고 있다는 이유로 보험 가입이 거절됐어요. 이유가 뭔가요?

예전에는 발달 지연 치료 중이더라도 가입할 수 있는 보험이 있었습니다. 하지만 요즘은 분위기가 달라졌습니다. 언어 치료나 놀이 치료, 감각 통합 치료를 받고 있다는 이유만으로도 가입 자체를 거절하는 경우가 많습니다. 보험사 입장에서는 진단명이 없지만 치료 이력만으로도 위험 요소라고 보기 때문입니다.

그래서 재차 말씀드리지만, 아이의 발달이 조금 느려 보인다면 먼저 보험을 점검하세요. 진단이 내려지고 치료가 시작되면 새로 가입하기도 어렵고, 기존 보장마저 축소될 수 있거든요.

네, 그렇습니다. 진단명이 없어도 병원에서 언어 치료, 감각 통합
치료, 인지 치료 등을 받은 내역이 보험사 전산에 기록되면 '발달
지연 치료 이력 있음'으로 간주되어 가입 자체가 거절될 수 있습
니다. 특히 실손 보험의 경우, 진단서 없이 치료만 받아도 비급여
치료 이력에 따라 불이익이 생기는 사례가 많아졌습니다. 때문에
보험 가입 전이라면 병원 선택도 신중하게 해야 합니다.

민간 센터에서 치료를 시작하면 전산 기록은 남지 않지만, 주
기적으로 치료해 왔기 때문에 보험 가입 시 고지 대상입니다. 치
료 사실을 미고지하고 보험에 가입했다가 조사 과정에서 드러나
면 계약이 취소될 수도 있어요.

Q. 의료 자문 결과를 받았는데 진단서도 아니고 병원 이름만 적
혀 있네요. 이게 뭔가요?

의료 자문은 보험사가 외부 의료진에게 판단을 의뢰해서 받은
'의견서'일 뿐입니다. 그래서 말씀하신 것처럼 정식 진단서처럼

의사의 이름이나 면허 번호, 진료 일자가 적혀 있지 않고, 병원 이름만 적혀 있는 경우가 대부분입니다. 이는 진단서가 아니라 보험사 내부 심사를 위한 참고 자료입니다. 그런데 이걸 근거로 보험 가입이나 보험금 지급을 거절하기도 하니 부모 입장에선 굉장히 당황스럽고 억울할 수 있습니다.

Q. 자문 결과가 마음에 들지 않으면 어떻게 해야 하나요?

보험사가 임의로 자문과를 지정하는 건 1차 자문까지만 가능합니다. 2차 자문부터는 가입자와 협의해서 진행해야 합니다.

그런데도 가입자에게 설명 없이 자문과를 정하거나 일방적으로 결과를 통보하는 경우가 있습니다. 이럴 땐 반드시 이의 제기를 해야 합니다. 저도 그런 경험이 있습니다. 부모가 제때 목소리를 내지 않으면 보험사가 마음대로 진행하는 경우가 많다는 사실을 잊지 말고, 내 아이의 치료를 보장받고 아이의 앞날을 지키기 위해 힘을 내세요.

치료가 끝난 뒤에는 어떻게 해야 하나요?

Q. 치료를 계속해야 할지, 이제 그만둬도 되는지 모르겠어요. 언제까지 해야 하나요?

어느 시점이 되면 대부분 이런 고민을 하게 돼요. 특히 또래와의 차이가 줄어들거나, 치료 선생님에게 "이제 많이 따라왔어요."라는 말을 들으면 마음 한편에 '이제 괜찮은 걸까?' 하는 생각이 들죠.

하지만 여기서 중요한 건 지금이 '잠시 괜찮은 상태'인지, 정말로 기능이 안정된 상태인지를 분별하는 거예요. 다음의 기준을 참고해 보세요.

★ 우리 아이는 어디까지 왔을까?

- 또래와의 발달 차이가 단지 '속도'인가? 혹은 '질적인 구조'까지 회복됐는가?
- 치료실 밖, 일상에서도 아이의 기능이 유지되는가?
- 집이나 어린이집, 학교에서도 문제가 줄어들었는가?

- 치료사, 의료진, 교사, 부모의 의견이 일치하는가?
- 최근 3~6개월간 새로운 목표 없이 기존 상태를 유지하고 있으며, 이것이 긍정적인가?

이 질문에 대부분 '그렇다'라고 대답할 수 있다면, 치료를 종결하거나 주 1회 유지 치료 정도로 전환하는 것을 고려해 볼 수 있습니다.

Q. 선생님은 치료를 종결해도 된다고 하시는데, 저는 불안해요. 그래도 계속 다녀야 할까요?

부모의 불안은 자연스러운 감정이에요. 치료를 그만두었더니 예전처럼 상황이 어려워지면 어쩌나 걱정되죠. 하지만 치료의 본질은 '평생 데리고 가는 것'이 아니라, 아이가 스스로 기능할 수 있도록 돕는 것입니다. 그러니 너무 두려워 말고, '점검 기간을 두는 종결'을 제안해 보세요. 예를 들어 이렇게요.

"한 달 동안 치료를 쉬어 볼게요. 그런데 아이에게 변화나 어려움이 생기면 바로 돌아오겠습니다."

이런 식으로 열린 종결을 요청하면 부모도 안심할 수 있고, 선생님도 관찰 포인트를 함께 공유해 줄 수 있습니다.

치료가 끝났다고 모든 게 끝난 건 아닙니다. 이제부터는 아이의 일상을 관찰하는 시기로 넘어간다고 생각하면 됩니다. 종결 이후 엔 이런 부분을 준비해 보세요.

★ 치료 종결 후 보호자의 할 일

- 일상생활 중 불안, 공격성, 주의력, 감각적 불편감 등의 징후를 보이는지 확인합니다.

- 어린이집·유치원·학교 선생님과 소통해 사회적 기능과 또래관계를 파악합니다.

- 2~3개월 주기로 관찰 일지를 적거나 꾸준히 아이의 발달에 대한 메모를 남깁니다.

- 유지 치료(한 달에 한 번 방문 치료, 전화로 특이사항 체크 등)를 병행할 수 있는지 문의해 봅니다.

- 다시 치료가 필요할 때를 대비해 기록이나 평가 자료를 꼭 보관해 둡니다.

일부 보험은 치료가 종결되면 보험 심사에 긍정적인 영향을 줍니다. 특히 실손 보험의 경우 '정상 발달'로 기록된 결과지가 있으면 추후 보장 변경 시 또는 추가 가입 시 위험인자로 간주되지 않을 확률이 큽니다. 그러니 치료 종결 후에는 기존 보험을 확인하세요.

보호자도 도움이 필요해요

Q. 아이는 열심히 치료를 받고 있는데 저는 자꾸 지치고 무너져요. 왜 이럴까요?

당연한 일입니다. 발달 지연이라는 단어는 아이에게 해당되지만, 그 진단을 처음 마주하고 대응한 사람은 부모였잖아요. 부모는 모든 사실과 그로 인한 감정을 한꺼번에 감당하고, 그 순간부터 이 길의 안내자가 되어야 했습니다. 정보를 모으고, 병원을 예약하고, 치료를 확인하고, 보험도 알아보고, 주변의 시선을 견디고…. 지금까지 너무 잘하셨어요. 잘하려 했기에, 잘해 왔기에 지치고 무너지는 순간도 오는 거예요.

불안은 피하려고 할수록 점점 더 커지고, "나만 왜 이럴까?" 자책할수록 더 깊어져요. 그래서 불안은 지금 당장 피하는 것이 아니라 장기적으로 다루는 것이라고 생각하는 것이 좋습니다. 다음과 같은 방법을 시도해 보세요.

★ 불안한 마음을 다스리는 방법

① 감정 기록하기

불안이 찾아오는 순간을 글로 적어 보는 것만으로도 마음이 어느 정도 정리되기 시작합니다. 감정은 머릿속에만 두면 점점 커지지만, 밖에 꺼내어 놓으면 그 크기가 줄어듭니다.

② 신뢰할 수 있는 사람과 정기적으로 이야기 나누기

이때 대화하는 상대가 반드시 전문가일 필요는 없어요. 나를 고치려 하지 않고 가만히 들어줄 수 있는 사람이라면 충분해요.

③ 나만의 루틴 만들기

예를 들어 매일 저녁 산책하기, 하루 한 잔 따뜻한 차 마시기, 일주일에 한 번은 혼자만의 시간 갖기 등 불안한 마음을 정리할 수 있는 소소하고 반복적인 행동을 만들고 지키세요. 이러한 루틴은 큰 힘이 됩니다.

④ '지금 여기'에 집중하기

다가오지 않은 아이의 '미래'가 아닌, 오늘 아이가 웃은 바로

그 순간에 집중해 보세요. 지금을 충분히 살아낸 부모만이 아

이의 내일을 이끌 수 있어요.

Q. 부모가 받을 수 있는 상담 프로그램도 있나요?

네, 있습니다. 다음과 같은 정부 지원 프로그램을 활용해 보세요.

생각보다 많은 부모들이 이러한 프로그램을 이용하고 있습니다.

★ 정부 지원 부모 상담 프로그램 안내

① 발달재활서비스 부모상담지원(바우처)

- 지원 대상: 발달재활서비스 바우처를 이용 중인 아동의 보호자.

- 상담 방식: 1:1 심리상담, 또는 부모 교육 프로그램.

- 진행 기관: 바우처 등록 기관 중 상담 프로그램 운영 기관.

- 지원 횟수: 지역별 상이함(일반적으로 연 2~4회).

- 신청 방법: 치료 기관에 문의하거나 읍면동 주민센터 통해 확인

  할 수 있습니다.

② 정신건강복지센터 부모상담

- 지원 대상: 만 18세 미만 아동을 양육하는 보호자.

- 상담 내용: 아동 행동문제 및 보호자의 스트레스, 양육 고민 등.

- 비용: 무료 또는 소액 자부담.

- 신청 방법: 주소지 관할 정신건강복지센터에 전화 문의(지역번호 +1577-0199).

③ 아이사랑 상담서비스

- 지원 대상: 영유아 부모라면 누구나.

- 지원 기관: 보건복지부 산하 육아종합지원센터.

- 상담 내용: 온라인 채팅 상담, 전화 상담, 방문 상담(예약제).

- 신청 방법: '임신육아종합포털 아이사랑(https://www.childcare. go.kr)' 접속 후 '상담실' 메뉴 이용.

Q. 아무리 노력해도 마음이 힘들 땐 어떻게 해야 할까요?

아무리 노력해도 감정이 가라앉지 않고, 매일이 버겁고 무기력하게 느껴진다면 정신건강의학과 상담을 고려해 보세요. 처음에는 '내가 아픈 것도 아닌데 왜 정신과에 가야 하지?'라는 생각에 꺼려질 수도 있습니다. 하지만 아이의 발달 지연을 처음 마주한 부모는 누구보다 깊은 상실감과 불안을 겪게 됩니다. 스스로 마음을 돌보지 않으면 금방 지치고 무너질 수 있어요. 부모가 건강해야 아이도 지켜낼 수 있습니다. 그 시작은 바로 내 마음을 돌보는 용기입니다.

필요하다면 약물 치료를 받는 것도 도움이 됩니다. 한두 달만 약물 치료를 해도 마음이 숨 쉴 틈을 찾을 수 있고, 이후 아이를 더 안정된 마음으로 바라볼 수 있게 됩니다.

2부

특별한 아이,
율이

세상과 연결되는 연습

심장이 짓눌려 아픈 날

장애 등록이란 결국 복지카드 한 장을 받는 것으로 마무리되는 일이다. 그 카드 한 장을 받기까지 부모는 수많은 망설임과 질문을 건너야 한다.

'정말 이 길이 맞는 걸까?'

'지금 너무 서둘러 결정하고 있는 건 아닐까?'

'아직 더 기다려 봐야 하는 건 아닐까?'

율이는 두 돌 무렵 영유아 검진에서 언어 지연으로 인해 심화 평가 권고를 받았다. 처음 찾아갔던 소아정신과 진료실은 낯설고 두려운 공간이었다. 평생 정신과는 처음이었다. 그날 진료실에서 의사 선생님이 체크리스트를 넘기며 몇 가지를 물었다.

"이름을 부르면 돌아보나요?"

"원하는 걸 말로 표현할 줄 아나요?"

"'엄마', '아빠' 같은 의미 있는 단어를 사용하나요?"

대답을 하면서도 자꾸 머뭇거리게 됐다. 율이가 '엄마', '아빠'라는 소리를 내는 것은 사실이지만, 그건 누군가를 부르기 위해서라기보다는 혼잣말에 가까웠다. 나를 바라보며 '엄마, 저 좀 보세요.', '엄마, 이것 좀 해 주세요.'와 같은 의미로 하는 말은 아니었다. 게다가 이름을 불러도 매번 반응하는 것이 아니었다. 열 번을 부르면 서너 번쯤 고개를 돌려 나를 바라보는 정도였다.

집에서는 의사소통이 더 어려웠다. 율이는 말이 아닌 몸으로 말했다. 내 손을 잡아끌고 냉장고 앞으로 가거나, 간식이 있는 서랍 앞에서 멈춰 서서 나를 올려다봤다. 원하는 게 있을 때는 "주세요."라는 말 대신 나를 목적지까지 데려갔다. "과자 먹고 싶어? '과자'라고 말해 볼까?" 하고 천천히 말을 유도했지만, 율이는 입술을 달싹거리다 이내 고개를 돌렸다. 말이 안 되니 울음이 대신 나왔다. 그게 율이의 언어였다.

내 이야기를 들은 정신과 의사 선생님은 조심스럽게 "자폐 스펙트럼의 가능성이 있지만, 아직 아이가 어려서 진단할 수 없다."라고 말했고, 나는 머릿속이 하얘졌다.

그날 이후로 나는 밤낮 없이 인터넷에 매달렸다. 자폐 스펙트럼 자녀를 키우는 부모들의 블로그, 유튜브, 인터 뷰, 관련 논문까지 읽고 또 읽었다. 그 속에 나오는 아이들 의 특징과 내 아이의 모습을 하나하나 대조했다. 고개를 끄덕였다가, 도리질했다가, 다시 끄덕이기를 반복했다. '우 리 율이는 패턴이 좀 다른 것 같아.', '전형적인 자폐 스펙트 럼은 아닌 것 같아.' 그렇게 생각했다.

율이는 낯선 사람에게도 잘 웃어 보였고, 이웃에게 먼저 손을 흔들며 인사하기도 했다. 무엇보다 애교가 많았다. 내가 퇴근해 현관문을 열면 가장 먼저 달려와 얼굴을 부비 고, 볼에 입을 쪽 맞추기도 했다. 말수는 적었지만 애정 표 현만큼은 누구보다 풍부한 아이였다. 그런 모습에 자꾸 마 음이 흔들렸다.

'이 아이에게 정말 문제가 있다고?'

돌아보면 그때의 나는 인터넷에서 본 전형적인 자폐 스 펙트럼의 모습과 내 아이를 끊임없이 대조하며 스스로를 안심시키고자 한 것 같다. 웃고, 눈을 맞추고, 안아 주는 아 이는 자폐 스펙트럼이 아닐 거라는 쪽으로 믿고 싶었던 것 같다. 하지만 그건 진단을 이해한 것이 아니라 받아들이기 두려워서 피하는 모습이었다는 사실을 이제는 안다. 율이는 그저 자기 방식으로 표현하는 아이였고, 나는 아직 그 언어를 알아듣지 못하고 있었을 뿐이었다.

첫째와 비교하면 그 차이는 더 또렷했다. 첫째는 같은 시기에 '이거', '더', '엄마'와 같은 말을 상황에 맞게 사용했다. 부르면 곧잘 돌아봤고, 원하는 게 있으면 말로 요청했다. 율이도 말귀는 밝았다. "양말 가져와.", "불 꺼줘." 같은 말을 알아듣고, 시키면 곧잘 해내기까지 했다. 문제는 이해가 아니라 표현이었다. 말이 필요한 순간마다 율이는 늘 한 발씩 늦었고, 그 빈자리를 울음과 고집이 대신했다.

율이는 어린이집과 유치원, 치료실을 오가며 언어 치료, 감각 통합 치료, 작업 치료, 인지 치료를 이어갔다. 정신을 차려보니 어느새 유치원 마지막 학기였고, 초등학교 입학이라는 다음 관문 앞에 우뚝 서 있었다.

그 시점에서 나는 더 이상 미룰 수 없다는 걸 느꼈다. 이제는 율이의 미래를 위해, 율이의 보호막을 만들어 주기 위해 내가 받아들여야 한다고 생각했다. 물론 순순히 받아들일 수는 없었다. 여전히 마음 한편에선 잘못된 판단일지도 모른다는 불안의 목소리가 들렸다.

장애 등급 신청을 앞두고 커뮤니티에서 알게 된 한 엄마가 먼저 다녀왔다는 정신과 의원에 찾아갔다. 평소 발달검사를 하러 갈 때와는 또 다른 긴장감이 느껴져 기분이 이상했다. 접수대에서 부모 질문지를 건네받은 나는 문항 하나하나에 걸려 넘어졌다. 평상시였다면 아이를 변호하느라 바빴을 것이다. '이건 원래 잘하는데 오늘만 못한 거예요.', '아니요, 이 행동은 최근에 많이 줄었어요' 하고 발끈했을지도 모른다. 그런데 그날은 달랐다. '잘 못함'이라는 항목에 체크 표시를 하고 있는 내가 낯설고 한심하게 느껴지기도 했다. 그렇게 아이를 낮춰야 하는 현실이 슬펐고, 이런 모순된 감정으로 이 자리에 앉아 있다는 사실이 괴로웠다. 복잡한 하루였다.

정신과에서는 정식으로 자폐성 장애 진단서가 발급되었다. 나는 그 종이를 손에 쥔 채 동네 행정복지센터를 찾았다. 창구의 공무원은 아무렇지 않은 표정으로 서류를 받고, 개인정보제공동의서를 건넨 뒤, 장애 등록 절차에 대해 간단히 설명해 주었다. 그는 나를 주민등록등본을 발급받으러 온 사람과 다르지 않게 대했다. 나에겐 인생이 송두리째 흔들리는 일이었는데 그들에게는 그저 반복되는 수많은 서류 중 하나에 불과했다. 아무 잘못도 없는 사람이라는 걸 알지만 괜히 야속하게 느껴졌다. 정말 그렇게 아무렇지 않은 일인가 싶어서 서운하고 씁쓸하기까지 했다. 나는 혼자 주민센터 앞 벤치에 앉아 한참 시간을 죽였다. 숨 쉬는 것조차 편치 않았다.

그로부터 한 달 반쯤 지나 복지카드를 받을 수 있었다. 봉투를 조심스레 뜯었다. 얇고 반듯한 회색 봉투 속에서 작은 플라스틱 카드가 조용히 미끄러져 나왔다. 손끝에 닿는 감촉이 생각보다 차가웠다. 카드의 앞면에는 아이의 이름과 주민등록번호, 그리고 '자폐성 장애'라는 단어가 선명하게 박혀 있었다. 낯설지만 어쩐지 익숙한 글자들. 나는 그 글자를 하나하나 더듬었다.

'괜찮아, 이제 이걸로 율이를 지킬 수 있어.'라는 말로 스스로를 진정시키려 애썼지만, 한편으로는 '정말 이걸 받아들여도 되는 걸까?' 하며 벽에 쿵쿵 부딪혔다. 그 카드는 나에게 단순한 행정 절차가 아니라, 이제는 되돌릴 수 없는 어떤 선언처럼 느껴졌다.

한참 동안 카드를 바라보던 나는 지갑을 꺼내 가장 깊숙

한 곳에 그것을 밀어 넣었다. 마치 들키면 안 되는 비밀인 것처럼. 그리고는 아무 일도 없었다는 듯 일상으로 돌아갔다. 하지만 그 차가운 촉감은 오래도록 손가락 끝에 남아 있었다.

오래전에 읽은 한 수필이 떠오른다. 미국의 작가 에밀리 펄 킹즐리Emily Perl Kingsley가 쓴 *「Welcome to Holland」라는 짧은 글이다. 그녀는 모두 함께 이탈리아로 떠나는 줄 알았는데, 자신만 갑자기 전혀 생각지도 못한 네덜란드에 도착한 상황에 아이의 장애 진단을 빗댔다. 처음엔 황당스럽고 슬펐지만, 시간이 흐르자 그 나라만의 특징, 풍차와 튤립, 렘브란트의 그림이 보이기 시작했다고 한다. 화려한 이탈리아는 아니지만, 네덜란드에도 나름의 아름다움이 있다는 이야기였다. 그 수필을 처음 읽었을 땐 그저 조심스러운 위로처럼 느껴졌는데, 지금은 그녀가 무엇을 말하고자 했는지 조금 알 것 같다. 나도 이탈리아 대신 네덜란드에 도착한 것이다. 원래 가려던 길은 아니지만, 이곳에

*Emily Perl Kingsley, 「Welcome to Holland」, Welcome to Holland, 1987, URL: https://www.emilyperlkingsley.com/welcome-to-holland.

서도 충분히 행복을 느끼며 살아갈 수 있다는 가능성을 조금씩 느끼기 시작했다. 복지카드는 새로운 지도의 첫 장이었다. 그리고 나는 그 지도를 한 장 한 장 넘기며 아이의 길을 함께 걸어가기 위해 마음을 다잡아야 했다.

비장애 친구들과 함께 성장하는 길

특수 학교라는 단어를 처음 접한던 건, 율이 유치원 담임 선생님과의 상담에서였다. 아이의 언어 발달이 또래보다 느리고 또래와의 상호작용에서도 어려움을 겪고 있으니, 특수 학교에 대해 알아보는 게 좋지 않겠냐는 조심스러운 권유였다. 나도 모르게 표정이 굳었다. 상처 주려는 의도가 아니었다는 걸 머리로는 이해했지만, 그 말이 내게는 마치 '당신 아이가 일반 학교에 가는 건 무리예요.'라는 경고처럼 들리기도 했다. 집으로 돌아오는 길, 검색창에 '특수 학교'라는 단어를 몇 번이나 썼다 지웠다. 단어 하나에도 이렇게 심장이 조여 오는 유약한 내가 부끄럽기도 했다.

며칠 뒤, 정기적으로 나가던 부모 교육 자리에서 특수

학교에 자녀를 입학시킨 선배 엄마들을 만날 기회가 있었다. 교육 프로그램 중 자연스럽게 특수 학교에 대한 설명이 이어졌고, 이후에는 질의응답 시간도 마련되어 있었다.

인터넷에서 찾아보던 정보와는 또 다른 이야기들이 오갔다. 셔틀버스로 등하교가 가능하다는 점, 담임 선생님 외에도 여러 명의 선생님과 치료사가 배정된다는 점, 그리고 무엇보다도 개별화된 교육 과정과 행동 중재, 감각 조절 활동 등 아이에게 꼭 필요한 맞춤형 지원이 체계적으로 이루어진다는 점이 인상 깊었다. 정규 수업 외에도 언어 치료, 작업 치료, 사회성 훈련 등이 통합적으로 운영된다는 이야기에 한편으론 마음이 흔들리기도 했다.

'저곳이 더 나은 환경일 수도 있겠다.'라는 생각이 스쳤지만, 곧바로 마음이 무거워졌다. 내 아이에게 '넌 이 길, 그러니까 조금 다른 길을 가야 해.'라고 너무 일찍 선언해 버리는 것 같았기 때문이다. 주변의 반응도 제각각이었다. 치료실에서 만난 어떤 엄마는 "나는 아직 특수 학교는 생각도 안 해 봤어요."라고 말했고, 함께 치료하며 율이를 오랫동안 봐 온 다른 엄마들은 "그래도 일단 일반 학교에 지원해 보고 안 되면 특수 학교를 생각해 보는 건 어때요?"

하고 조심스레 조언해 주었다. 내 마음도 계속 흔들렸다.

무엇보다도 '내 아이에게 발전 가능성이 있는데 그걸 일찍 닫아 버리는 건 아닐까?' 하는 걱정이 계속 들었다.

'사회성이 더 떨어지는 건 아닐까?'

'혹시라도 너무 빠르게 '다른 아이'로 분류되는 건 아닐까?'

'혹시 함께 생활하는 다른 아이들의 장애 특성을 그대로 모방하게 되지는 않을까?'

'비장애 아이들을 일상적으로 마주칠 기회가 적어지면 그만큼 언어 표현이나 행동 발달이 더 늦춰지는 건 아닐까?'

'특수 학교라는 이름 때문에 사회에서 불필요한 편견을 겪게 되는 건 아닐까?'

이러한 내면의 저항감이 쉽게 가시지 않았다.

하지만 결국 특수 학교에 원서를 넣었다. 면접 날 아침, 율이의 손을 잡고 관할 교육청의 특수교육지원센터에 들어설 때부터 마음이 이상했다. 밝은 인상을 주어야 하나, 평소대로 행동해야 하나 괜히 신경이 쓰였다. 그날따라 율이는 유독 조용했다. 질문에도 대답이 느렸고, 손장난만 반복했다. 반면 옆자리의 아이는 자세도 반듯했고, 교사의 질문에도 짧게나마 대답을 이어가고 있었다. 그 모습을 보며 '우리 율이가 부족한가?' 하는 자괴감이 들었다가, 또 '율이도 잘하는 게 많은데…' 하는 억울함이 들었다가, 마음이 휘청였다. 감정 소모가 컸는지 면접을 마치고 돌아오는 길에는 기운이 쪽 빠졌다.

다행인지 불행인지 지원했던 특수 학교에서 탈락 통보를 받았다. 처음엔 실망스러웠지만, 동시에 안도감이 들기도 했다. '이제는 선택의 여지가 없다.'라는 현실이 오히려 마음을 편하게 만들었다.

결국 율이는 일반 학교에 입학하게 되었다. 물론 이 길이 더 어렵다는 것도, 더 많은 에너지를 요구한다는 것도 알고 있었다. 하지만 아이의 가능성을 조금이라도 더 열어주는 것 같아 마음이 조금 가볍기도 했다.

일반 학교의 통합 학급에 대한 정보를 모으기 시작했다. '도움반'이라는 개별 지원 교실이 있다는 것, 통합 지원 선생님이 따로 배치되어 있다는 것, 담임 선생님과 특수 교사가 함께 협의하는 구조라는 것 등을 알게 되면서 마냥 어려운 환경만은 아니라는 사실을 알게 되어 마음을 조금

놓을 수 있었다.

물론 막연한 두려움은 남아 있었다.

'친구는 사귈 수 있을까?'

'수업은 따라갈 수 있을까?'

'다른 학부모들이 민원을 제기하지는 않을까?'

아직 일어나지도 않은 일들이 나를 괴롭혔지만, 나는 '같이 숨 쉬며 자라야 더 넓은 세상도 만날 수 있다.'라는 믿음으로 스스로를 다독였다. 아이가 있어야 할 자리는 마냥 특별한 곳이 아니라 모두와 함께 있는 곳이라는 가능성을 믿어 보고 싶었다. 선택은 끝났고, 이제는 후회하지 않기 위해 노력해야 했다. 나는 아이에게 가장 적절한 선택을 하고 싶은 것뿐이었다. 그리고 그 마음에는 변함이 없다.

템플 그랜딘Temple Grandin의 자서전《나는 그림으로 생각한다Thinking in Pictures》를 읽으며 나는 내 안에 오래도록 머물던 갈등에 대해 다시 생각하게 되었다. 템플 그랜딘은 자폐 스펙트럼을 가진 미국의 동물학자이자 교수로, 자폐인의 시각과 사고를 강점으로 하여 세계적인 명성을 얻은 인물이다. 그녀는 어릴 적 심한 언어 지연과 감각 민감성으로 인해 특수 학교에 다닐 것을 권유받았지만, 그녀의 어머니는 아이를 일반 학교에 입학시키기 위해 교육청과 학교를 상대로 끈질기게 싸웠다. 아이가 한 마디도 하지 못하던 시기부터 언어 치료사를 고용해 조기 개입을 시작했고, 정규 교육을 받을 수 있도록 문을 두드리고 설득하는 데 온 힘을 쏟았다. 템플은 결국 일반 학교에 입학했고, 감각과 사고방식의 남다름을 인정받으며 놀라운 성과를 이루었다. 그녀는 말했다.

"그 모든 건 엄마가 나를 특수 학교로 분리시키지 않았기 때문에 가능한 일이었다."

나는 그 이야기를 읽으며 내 선택을 되돌아보았다. 템플의 어머니처럼 나도 율이에게 조금 더 넓은 세상을 보여 주고 싶었다. 누군가 정해 놓은 경로가 아니라, 율이가 직접 길을 만들어갈 수 있도록 돕고 싶었다. 중요한 건 '어디에 있는가?'가 아니라 '어떻게 그 아이를 바라보는가?', '무엇을 믿는가?'이다. 나는 율이가 어떤 학교에 다니는지가 아니라 그 안에서 어떤 경험을 하고, 어떤 사람들과 관계 맺는지에 더 집중하고 싶다. 이 길이 율이에게 좋은 길이 되기를 소망한다. 그리고 그 속에서 나 역시 배우고 채워 나갈 준비를 하고 있다.

세 개의 횡단보도를 건너며

원래 우리 가족이 살던 동네는 오래된 구도심이었다. 아파트 단지 뒤로 상가와 오래된 빌라들이 빽빽이 얽혀 있고, 골목을 따라 걷다 보면 신호등도 없는 이면도로가 불쑥불쑥 튀어나오곤 했다. 첫째는 율이보다 두 살이 많은데, 초등학교 2학년이 되던 해부터는 아파트에서 도보로 10분 남짓 떨어진 학교까지 매일 혼자 씩씩하게 등교했다. 세 개의 횡단보도를 지나며 친구들과 웃고 떠드는 모습은 금세 일상이 되었다. 처음 첫째를 입학시켰을 때는 그 길이 위험하다는 생각도, 아이를 따로 챙겨야 한다는 걱정도 하지 않았다. 당연히 율이도 그렇게 혼자 등교할 수 있을 거라고 믿었다. 보통의 아이들처럼 자연스럽게.

하지만 율이의 입학이 코앞으로 다가오자 전혀 다른 생각이 펼쳐졌다. 첫째가 매일 다니던 그 길이 낯설고 위태롭게 느껴지기만 했다. 율이는 아직 길 건너는 방법을 완전히 이해하지 못했다. 신호등의 불이 바뀌지 않았는데 갑자기 도로로 뛰어들려고 했고, 나는 몇 번이고 아이의 팔을 낚아채며 가슴을 쓸어내렸다. 설명하고 또 설명했지만,

다음 날이 되면 제자리였다. 게다가 인도와 차도를 구분하지 못해 도로에 성큼 내려가려 했고, 지하 주차장에서는 차가 오는지 보지 않고 냅다 뛰는 일도 많았다.

한번은 그런 일도 있었다. 가족들과 함께 마트에서 장을 보고 계산대 앞에서 결제를 하려고 잠시 아이의 손을 놓았는데, 율이가 사람들 사이를 비집고 에스컬레이터 쪽으로 달려갔다. 하던 일을 다 멈추고 허겁지겁 달려가 겨우 아이를 안아 올릴 수 있었다. 아슬아슬한 순간이었다. 율이는 자신이 멈춘 이유를 몰랐다. '내가 위험한 행동을 했구나.'라고 인지하는 것이 아니라, 단지 '엄마가 나를 멈춰 세웠다.'라고 받아들일 뿐이었다.

놀이터에서도 안심할 수 없었다. 율이는 미끄럼틀을 앉아서 타지 않았다. 그 대신 아래를 내려다보지도 않은 채 두 발로 서서 그대로 걸어 내려오기를 좋아했다. 그래서 나는 늘 아이 뒤에 바짝 붙어 미끄럼틀을 따라 올라가야 했다. 항상 손을 뻗어 아이를 잡아챌 수 있도록 거리를 유지했다.

그런데 하루는 정말 잠깐, 다른 아이가 소리를 지르는 통에 고작 1~2초 정도 고개를 돌렸는데 그 사이 율이가 미끄럼틀 위에 올라가 있었다. 그리고는 여느 때처럼 아래를 보지 않은 채 두 발로 걸어 내려오기 시작했고, 기우뚱 몸이 앞으로 기울었다. 나는 반사적으로 미끄럼틀을 향해 뛰었다. 중심을 잃은 율이는 머리부터 떨어지고 있었고, 나는 양팔을 벌려 아이를 받았다.

아이를 끌어안은 채 한동안 자리에서 일어나지 못했다. 율이는 무슨 일이 일어났는지 모른다는 얼굴로 내 품에서 몸을 비틀었고, 나는 아이의 머리와 등을 몇 번이나 쓸어내리며 숨을 골랐다. 몸 여기저기가 욱신거렸지만, 그건 문제가 아니었다. 그날 이후로 놀이터에서 나는 단 한순간도 아이에게서 시선을 떼지 않게 되었다.

이런 일들이 반복되다 보니 사람이 많은 곳에서는 항상 아이의 손목을 잡고 걸었다. 잠시라도 눈을 떼는 순간 무슨 일이 벌어질지 알 수 없어서 아이보다 늘 한 걸음 먼저 움직였다. 지금까지 큰 사고는 없었지만, 그건 율이가 위험을 피해서라기보다 내가 막았기 때문이었다. 나는 늘 긴장한 채 율이 곁을 지켜야 했다.

학교까지는 걸어서 5분이면 충분했지만 우리에게는 20

분도 부족했다. 아침마다 첫째와 율이의 손을 꼭 붙잡고 출근길 복잡한 거리를 조심스럽게 걸었다. 그 길 위에서 나는 수없이 망설였다.

'잘 가고 있는 걸까?'

'정말 이게 최선일까?'

율이가 입학할 예정이던 학교의 특수 교육 환경은 그 불안에 기름을 부었다. 그 초등학교의 특수 학급에는 한 반마다 거의 열 명의 아이들이 있었고, 특수 교사는 단 한 명뿐이었다. 게다가 통합 학급 수업 때는 보조 인력 없이 혼자 일반 학급에 있어야 한다고 했다. 아찔했다. 율이처럼 반복적인 지시가 필요한 아이는 누군가가 계속 곁에서 신호를 주고 안내해야 하는데, 그런 지원이 없다는 말에 절망감이 밀려왔다.

게다가 율이는 감각이 예민해서 시도 때도 없이 울고, 때로는 소리를 지르기도 했다. 율이를 위해서도, 학급의 다른 아이들에게 불편을 끼치지 않기 위해서도 통합 학급에서의 보조 인력이 반드시 필요했다. 그런데도 인력이 배치되지 않는다고 하니, 율이가 교실에 잘 머물 수 있을지 걱정이 되었다.

결국 나는 첫째의 전학과 경제적인 무리를 감수하고 이사를 결심했다. 아파트 단지 안에 초등학교가 있는, 이른바 '초품아'로 둥지를 옮겼다. 새로운 학교는 등굣길에 큰 도로를 건너지 않아도 되었고, 단지 안에서 안전하게 교문까지 도착할 수 있었다.

무엇보다도 특수 교육 지원 체계의 차이가 컸다. 이번 학교는 특수 교사 두 명이 각자 서너 명의 아이를 담당하며 수업과 활동을 함께한다고 설명했다. 통합 학급에 배정될 경우에도 율이를 전담하는 보조 인력이 따로 배치되어 일상과 수업에서 필요한 지원을 직접적으로 받을 수 있었다. 그 말을 듣고 처음으로 안도의 한숨을 내쉴 수 있었다. '이 정도 환경이라면 율이도 눈치 보지 않고 조금씩 적응할 수 있지 않을까?' 하는 마음이 들었다.

물론 이사는 결코 쉬운 일이 아니었다. 첫째는 기존 학교에 잘 적응하고 있었고, 친구도 많았다. 학교뿐만 아니라 태권도장, 학원 등도 재미있게 다니고 있었기에 이사를 하려면 아이의 생활 전체를 바꿔야 했다. "왜 전학 가야해?"라고 묻는 큰아이에게 나는 율이 때문이라는 말을 도저히 꺼낼 수 없었다. "엄마가 알아보니까 그 학교가 더 좋대. 아파트 단지가 훨씬 넓어서 자전거 타기에도 좋고, 집 바로 앞에는 큰 호수공원도 있대. 거기에서 주말마다 다 같이 자전거를 타면 좋지 않을까?" 하고 조심스럽게 말의 방향을 돌렸다. 그게 아이에게 부담을 주지 않으면서도 우리가 앞으로 가게 될 길을 긍정적으로 전달하는 방식이라 생각했다.

부동산 계약서에 도장을 찍던 날 밤, 나는 괜히 망설였다. 정말 이게 맞는 선택일까…. 무리한 이동, 조금 빠듯해지는 가계 사정, 그리고 두 아이가 겪을 낯선 환경. 하지만 그 모든 것보다 아이들이 조금이라도 더 안전하게, 조금이라도 더 자립적으로 살아갈 수 있는 환경을 만들어 주고 싶다는 생각에 도장을 집어들었다.

이사 후, 초등학교에 입학한 율이는 정해진 시간에 집을 나서 같은 길을 반복해 걸었다. 그리고 얼마 지나지 않아 "나 혼자 학교 갈래요."라고 말했다. 등굣길에 완전히 혼자 내보내기까지는 시간이 더 필요했지만, 그 말 한마디가 내겐 큰 울림이 되었다.

율이는 걱정했던 것보다 훨씬 빠르게 학교에 적응했다. 특수반 선생님과 담임 선생님께서 등하교 때마다 항상 먼저 다가와 율이의 특성과 필요한 지원에 대해 세심하게 물어봐 주셨고, 통합 학급에서도 적극적으로 고민하고 도와주시려는 것을 느낄 수 있었다.

입학 첫날, 담임 선생님은 율이가 수업 중 놀라거나 뛰쳐나가는 돌발 행동을 할 수 있다는 점을 염두에 두고, 율이에게 하지 말아야 할 행동이나 특히 싫어하는 소리, 좋아하는 것, 싫어하는 것, 예민한 부분에 대해 묻고 기록했다. 어려운 과제를 해야 하는 상황에서는 말로만 지시하기보다 가까이 다가와 손짓이나 시선으로 한 번 더 확인하며 알려 주겠다는 설명이 이어졌다. 아이를 통제하기 위한 규칙을 늘어놓기보다, 율이가 덜 불안해할 환경을 먼저 그려보는 대화였다. 그 대화를 통해 이 학교에서는 율이를 '관리해야 할 아이'가 아니라, '함께 방법을 찾아갈 아이'로 바라보고 있다는 느낌을 받았다.

입학한 지 얼마 지나지 않았을 때, 특수반 선생님께서 메모장을 꺼내며 율이에 대해 조금 더 구체적으로 알려달라고 말씀하셨다. 평소에 자주 쓰는 단어가 무엇인지, 원하는 게 있을 때는 어떤 말을 먼저 하는지, 불편할 때는 우는지, 몸짓하는지, 특정한 표현을 하는지 하나씩 정리해 달라고 하셨다.

"아이마다 신호가 조금씩 달라요. 그걸 알아야 제가 아이에게 빨리 적응할 수 있어요."

나는 율이가 배고플 때 하는 말, 싫을 때 반복하는 단어, 짜증이 날 때 목소리 톤이 높아지는 것 등, 내게는 너무도 익숙하지만 남들에게는 조금 다르게 느껴질 율이의 특징을 찬찬히 말했다. 선생님은 진지한 표정으로 그 내용을 파악하며 고개를 끄덕였다. 확신이 들었다.

'이곳에서 율이는 조금 덜 눈치 보며 자랄 수 있겠구나.'

'맹모삼천지교(孟母三遷之敎)'라는 말이 있다. 맹자의 어머니가 자식의 교육을 위해 이사했다면, 나는 율이의 '한 걸음'을 위해 이사했다. 신호등, 거리를 지나는 사람들, 율이를 바라보는 시선을 하나하나 확인하며 선택했다. 자립은 물론 아이 스스로 해내야 하는 일이지만, 그에 앞서 스스로 시도해 볼 수 있는 환경을 부모가 먼저 만들어 주어야 한다. 그게 나의 확고한 생각이다.

함께 사라지고 싶었던 밤

입학식 전날 밤이었다. 오래 기다려 온 날이었지만, 막상 그 날이 다가오니 걱정이 앞섰다. 아이의 책가방을 챙기고 실내화를 정리하면서 아무렇지 않은 척, 평범한 엄마인 척 행동했다.

"율이 네 실내화 참 예쁘다!"

환한 미소를 지어 보이고, 책상 위에 붙일 이름표를 챙기며 "내일 친구들한테 율이 이름 알려 줘야지?" 하고 능청스럽게 말을 걸었다. 하지만 사실 긴장으로 머리끝까지 곤두서 있었다. 이 길의 끝에 무엇이 기다리고 있을지, 우리 가족이 그것을 감당할 수 있을지 알 수가 없었다.

문득 예전에 스치듯 읽은 뉴스 기사가 떠올랐다. 발달 장애 자녀를 둔 부모가 아이의 초등학교 입학을 앞두고 극심한 불안과 압박을 견디지 못해 극단적인 선택을 했다는 내용이었다. 그런 비극은 처음 있는 일이 아니라 입학 시즌마다 반복되는 일이었다. 나의 고민은 내가 우유부단하고 약하기 때문에 자꾸 고개를 드는 것이 아니라 삶의 끝자락에서 스스로에게 던지는 절박한 외침일 수도 있었다.

물론 나는 극단적인 상상을 해 볼 정도로 어려운 상황은 아니었지만, 그들의 마음만큼은 어렴풋이 이해할 수 있었다. 사실 나는 입학식에 불참할까 하는 생각을 며칠 전부터 반복하고 있었다. 강당에 모인 전교생, 큰 음향과 어지러운 조명, 낯선 공간, 갑작스러운 박수 소리나 음악, 쩌렁쩌렁한 안내 방송…. 그 어느 것도 율이에게 편안한 요소가 아니었다.

'율이가 그 자리에 잘 앉아 있을 수 있을까?'

'시끄럽다고 소리를 지르거나 울음을 터뜨린다면, 다른 학부모들의 시선은 얼마나 차가울까?'

왜 저런 아이를 우리 학교에 보냈냐고 직접 말하는 무례한 사람은 없겠지만, 그런 눈빛만으로도 충분히 무너질 것 같았다.

나의 걱정과는 달리 율이는 들뜬 모습이었다. 새로 산 실내화를 신어 보기도 하고, 책가방에 넣어 둔 필통을 꺼내 지퍼를 열었다 닫았다 하며 "율이 학교 가요!"라고 로봇처럼 또박또박 혼잣말을 하기도 했다. 웃어야 할지, 울어야 할지…. 내일 아침이 기다려지기라도 하는 듯 설레어하는 아이를 보니 나만 예민한 사람처럼 느껴지기도 했다. 어쩌면 아직 오지 않은 내일을 앞두고, 어른인 내가 불안의 그림자를 만들어내고 있는지도 모른다는 생각이 들었다.

그날 밤, 혼자 앉아 깊게 숨을 들이마셨다. 스스로를 다독이고 마음을 고르며 하루를 정리했다. 현실은 여전히 낯설고 두려웠지만, 아이 앞에서는 아무 일 없다는 듯, 흔들림 없는 얼굴만 보여 주고 싶었다. 생각 끝에 아이의 출발선에 가장 먼저 서 줄 담임 선생님께 나의 마음을 전해야겠다는 마음이 들었다. 조심스럽게 편지를 쓰기 시작했다.

안녕하세요, 선생님.

저는 이번에 입학하는 율이의 엄마입니다.

먼저, 바쁘신 와중에도 저희 아이를 맡아 주시고, 새로운 인연을 함께 시작해 주심에 깊이 감사드립니다.

입학식에 전교생이 모두 모인다는 이야기를 듣고, 사실 제 마음은 여러 날째 불안과 걱정으로 가득했습니다. 입학식을 피하고 싶은 마음이 수차례 들었지만, 아이의 새로운 시작 이니 용기를 내야겠다는 생각에 이렇게 글을 씁니다.

지난해, 율이는 자폐 스펙트럼 진단을 받았습니다. 그래서 다른 아이들과 조금 다르지만, 집에서는 누구보다도 정이 많고 애교가 넘치는 아이입니다. 가족 모두의 사랑을 받으며 밝고 따뜻하게 자랐습니다.

현재 율이의 언어 발달 수준은 표현언어가 만 2세 반 정도, 수용언어는 만 4세 수준입니다. 말귀는 대체로 알아들을 수 있으나, 때때로 유아기 아이처럼 울거나 고집을 부리기도 합니다. 이는 의사소통의 어려움에서 비롯된 반응임을 너그러이 이해해 주시면 감사하겠습니다. 혹시 상황이 너무 무리하게 흘러가는 경우에는 단호하게 지도하셔도 괜찮습니다.

다행히 율이는 자리에 앉아 수업을 듣는 것이 가능하며, 화장실도 스스로 다녀올 수 있습니다. 식사, 복장 정리, 개인 물품 정돈 등 자조 활동도 어른의 간단한 언어적 도움만 있으면 충분히 해낼 수 있습니다. 고집이 다소 센 편이지만, 공격적인 성향은 없고, 지금까지 타인을 때리거나 갑작스레 물건을 빼앗는 등의 충동적인 행동도 전혀 없었습니다.

다만 불안이 높고 청각적 자극에 민감한 면이 있어 주변에서 단호한 명령어 또는 부정적인 어조의 말("안 돼.", "하지 마." 등)이 들리면 자신에게 해당되는 말이 아니어도 이에 반응하여 감정적으로 흔들릴 때가 있습니다. 이럴 때 소리를 지르거나 갑자기 울음을 터뜨릴 수 있으나, 그 감정은 대체로 오래 지속되지 않습니다. 조용히 머리나 등을 어루만지며 진정시켜 주시면 빠르게 안정을 되찾습니다. 또는 헤드폰을 착용하게 하거나 다른 흥미로운 과제를 제시해 주시는 방식도 효과적입니다.

무언가를 요구할 때 울며 징징거리는 행동도 종종 보이지만, 그런 순간에 부드럽게 말로 표현할 수 있도록 유도해 주시거나, 모방 발화를 유도해 주신다면 율이의 언어 발달에도 큰 도움이 될 것입니다. 혹시 아이와 관련해 필요한 정보가 있으시거나 가정의 협조가 필요한 일이 발생하는 경우, 언제든 편하게 연락 주세요. 가정에서도 적극적으로 지도하겠습니다.

아이에게 가장 중요한 학교생활의 시작을 선생님과 함께할 수 있어 정말 든든하고 감사할 따름입니다. 부족한 점이 많겠지만, 아이가 새로운 환경에 잘 적응할 수 있도록 너그럽게 품어 주시길 부탁드립니다.

율이가 학교에서 행복한 기억을 쌓아갈 수 있도록 많은 이해와 배려 부탁드리며, 앞으로 선생님께서 내어 주실 마음에 미리 감사드립니다.

율이 엄마 올림

장애 등록은 무엇이고, 어떻게 하는 건가요?

Q. 장애 등록, 언제 해야 하나요?

진단명이 확정되었다면 가능한 한 빨리 등록을 준비하는 것이 좋습니다. 장애 등록은 부모가 아이를 포기하거나 낙인찍는 행위가 아니라, 아이의 인생에 꼭 필요한 제도적 보호막을 마련하는 출발점입니다. 특히 통합 학급, 특수 교육 대상자 선정, 돌봄 지원 등의 지원을 받는 데 있어서는 장애 등록 여부가 중요한 기준이 됩니다.

Q. 자폐 스펙트럼 진단만 받으면 저절로 장애 등록이 되는 건가요?

그렇지 않습니다. 진단은 첫걸음일 뿐입니다. 먼저 소아정신과에 방문하거나 또는 지정 전문의에게서 '장애 진단서'를 발급받아야 합니다. 그리고 반드시 '검사 결과지'도 챙겨야 합니다. 이 두 서류를 구비해 관할 행정복지센터에 방문해 장애 등록을 신청하면 됩니다. 두 서류를 모두 갖추어야 등록 심사가 가능하며, 일반적으로 최근 6개월 이내의 검사 자료가 요구됩니다.

Q. 장애 등록을 위해서는 어떤 검사가 필요한가요? (만 5~7세 아동 기준)

보통 다음과 같은 검사가 이루어집니다. 병원마다 차이가 있을 수 있지만, 대부분 다음 중 두세 가지를 포함합니다.

★ 장애 등록 시 시행하는 검사의 종류

- K-WPPSI-IV(한국 웩슬러 유아 지능 검사)

  전반적인 인지 능력과 지적 발달 수준을 평가하는 검사입니다.

- K-CARS(한국판 아동기 자폐 평정 척도 검사)

  자폐 스펙트럼을 지닌 아동을 판별하기 위한 검사입니다.

- K-VABS(적응 행동 검사)

  사회성, 의사소통 능력, 자조 능력 등 아이의 적응 행동 전반을 평가하는 검사입니다.

- CBCL(아동 행동 평가척도)

  아이의 정서 문제, 행동 문제, 주의력, 공격성 등을 진단하고 감정조절 관련 영역을 분석하는 검사입니다.

- **언어 평가**(REVT, SELSI 등)

  수용언어, 표현언어 수준, 어휘력, 언어 지연 여부를 평가하는
  검사입니다.

- **그 외 병원 자체 발달 검사**(시지각 검사, 작업 기억 검사, 사회성 검사 포함)

  이 검사를 바탕으로 발달 전반과 자폐 스펙트럼의 특성, 적응
  행동의 어려움 정도를 종합적으로 판단하여 장애 진단 여부와
  장애 등급을 결정합니다.

Q. 복지카드를 받으면 어떤 혜택이 생기나요?

복지카드는 단순한 카드가 아닙니다. 아이와 보호자에게 제도적
접근성을 제공해 주는 열쇠입니다. 장애인 복지카드의 대표적인
혜택은 다음과 같습니다.

★ 장애 등록 시 발급받을 수 있는 복지카드의 혜택

- 특수 교육 대상자 신청이 가능하며 통합 학급에 배치를 요청할
  수 있습니다.

- 발달재활 바우처, 활동지원서비스 신청 자격이 주어집니다.

- 통신 요금·전기 요금 등의 공공 요금이 감면됩니다.

- 장애인 할인 혜택이 적용됩니다(교통, 영화, 공공시설 등).

단, 의료비 지원은 복지카드만으로 제공되는 것이 아니며, 기초생활수급자나 차상위 계층에 한해 일부 항목이 연계 지원될 수 있습니다.

특수 학교와 일반 학교, 고민이 될 때 생각해 볼 요소들

Q. 우리 아이에게 맞는 학교는 어디일까요?―특수 학교와 일반 학교의 장단점 비교

딱 잘라 '어떤 학교가 더 낫다.'라고 단정하기는 어렵습니다. 아이의 발달 수준, 사회성, 학습 특성, 부모의 양육환경 등에 따라 답이 다르기 때문입니다. 특수 학교와 일반 학교의 장단점을 다음과 같이 정리해 보았습니다. 자녀의 학교 입학을 앞두고 고민 중이시라면 참고해 보세요.

★ 특수 학교의 장점과 단점

① 장점

- 교사 한 명이 담당하는 학생의 수가 적어 개별적인 관심을 줄 수 있고, 학생 관리가 더 용이합니다.
- 언어·감각·작업·사회성 훈련 등의 치료적 접근이 수업과 밀접하게 연결되어 있습니다.

- 학교의 일과표가 아동의 특성과 필요에 맞게 구조화되어 있어 예측 가능한 환경이 제공됩니다.

- 등하교 셔틀버스 제공, 급식 지도, 방과 후 돌봄 등 전반적으로 체계적인 생활 지원이 특징입니다.

② 단점

- 또래관계의 폭이 좁아 사회성 발달 기회가 제한적입니다.

- 다양한 발달 단계의 아이들이 함께 지내는 공간이기 때문에 자극이 제한적일 수 있습니다.

- 일반 학교와의 연계 활동이 적고, 통합사회로 나아가는 연결고리가 약할 수 있습니다.

- 자칫 부모가 아이의 가능성을 재단한다는 느낌을 받을 수 있습니다.

★ 일반 학교(통합 학급)의 장점과 단점

① 장점

- 비장애 또래들과의 상호작용을 통해 자연스러운 사회성 모델링 기회를 얻을 수 있습니다.

- 도움반, 특수 교사 배치, IEP(개별화 교육 계획, 209 페이지 참조) 운영 등 필요한 개별 지원 체계가 마련되어 있습니다.

- 수업 외 활동(체육, 미술, 소풍 등)을 통해 다양한 자극과 경험을 느

낄 수 있습니다.

- 지역사회에서 함께 자라며 일상의 연속성을 유지할 수 있습니다.

② 단점

- 특수 교사의 전문성이나 학교의 특수 학급 지원 수준이 학교마다 크게 다를 수 있습니다.

- 비장애 아이들과의 학습 속도나 집중력 차이로 인해 수업 적응에 어려움을 겪을 수 있습니다.

- 친구관계에서 부정적인 경험을 하게 될까 노심초사하게 될 수 있습니다.

- 부모가 학교와 지속적으로 협력하고 소통해야 하므로 상호 부담이 클 수 있습니다.

어떤 선택이든 그 이후가 더 중요합니다. 학교 선택은 출발에 불과합니다. 부모는 아이와 인생을 함께 걸어가는 사람입니다. 부모가 학교와 긴밀하게 소통하고, 아이의 변화를 유연하게 받아들이며 함께 방향을 조정해 나가는 태도가 무엇보다 중요합니다. 장애 아동 육아에 정해진 정답은 없지만 각자의 상황에 맞는 최선은 분명히 존재합니다.

Q. 아이를 일반 학교에 진학시키기로 결정했다면 무엇을 확인하고 신경 써야 할까요?

학교의 위치나 명성보다 중요한 건 '아이의 특성과 부모의 양육 환경에 얼마나 적합한가?'입니다. 다음의 항목을 참고해 우리 아이에게 가장 적합한 환경이 무엇인지 찾아보세요.

★ 체크리스트

- **특수 교사 일인당 담당하는 학생의 수**

  □한 반에 배정된 특수 교육 대상 학생의 수.

  □위의 학생을 담당하는 교사의 수.

  *한 교사에게 배정된 학생의 수가 많을수록 개별적인 관심과 지원이 어려워질 수 있습니다.

- **통합 학급 내 지원 구조**

  □통합 학급에 특수 교육 보조 인력이 배치되어 있는가?

  □IEP가 어떻게 운영되고 있는가?

  *보조 인력이 없거나 부분적으로만 지원되는 경우, 특수 아동이 수업에 안정적으로 참여하는 것이 비교적 어려울 수 있습니다.

- **학교의 장애 인식 및 수용 태도**

  □담임 교사와 특수 교사는 장애에 대해 어떤 인식을 갖고 있

는가?

□해당 학급은 장애 아동을 어떻게 배려하는가?

□해당 학교는 가정과 어떻게 협력하고 있는가?

*예를 들어 첫 상담에서 "아이의 특성이 어떤지 알려 주세요."라고 먼저 요청하는 교사라면 가정과 협력할 준비가 되어 있을 가능성이 큽니다.

- **학부모와 학교 간 소통 채널**

  □특수 학부모회가 있는가?

  □IEP 회의 외에도 수시 소통이 가능한 창구가 있는가?

  *학부모의 이야기를 수용하고 반영하려는 태도는 곧 가정과 학교의 협력을 보여 줍니다.

- **통학 거리 및 지역 내 특수 교육 네트워크의 여부**

  □아이 혼자 등하교할 수 있는 거리에 위치한 학교인가?

  □통학 환경은 안전한가?

  □지역 내 치료 기관, 특수교육지원센터, 보호 시설 등과의 연계가 잘 이루어지는가?

  🐢 '더 좋은 학교'보다 '잘 맞는 학교'를 찾는 여정을 시작하세요. 모든 조건을 완벽히 충족하는 학교는 많지 않습니다. 잊지 말아야 할 것은 내 아이의 특성과 부모의 상황을 가장 잘 아는 사람이 바로 '나'라는 점입니다. 아이의 더 나은 하루를 만드는 가장 큰 힘은 부모의 선택에서 시작됩니다.

초등학교 입학 전, 다섯 가지 체크리스트

Q. 발달 장애 아동을 키우고 있는데 곧 초등학교에 입학해요. 무엇을 준비해야 할까요?

먼저, 아이가 무사히 자라 학교에 입학하게 된 것을 축하합니다. 새로운 출발선에 선 아이와 부모 모두 설렘과 두려움의 양가감정을 느끼고 있을 것입니다. 다음의 다섯 가지 항목을 중심으로 등교를 준비해 보세요. 아이의 불안은 줄이고, 부모의 걱정도 덜 수 있을 것입니다.

★ 입학 전 체크할 다섯 가지 사항

① 학교 일과 미리 익히기

- 아이에게 "학교는 이런 곳이야(등교→수업→쉬는 시간→급식 시간→하교)." 하고 학교의 루틴을 알려 주세요.

  *학교생활을 아이가 예측할 수 있으므로 불안이 줄어듭니다.

- 아이와 함께 학교에 미리 방문해 보세요.

② 시각 지원도구 준비하기

- 일과표를 만들어 '언제', '무엇을', '어떻게' 할지 보여 주세요.

- 교실, 화장실, 운동장 등 학교의 모습을 미리 보여 주어 낯선 공간에 대한 두려움 떨치도록 도와주세요.

- 감정카드, 행동카드를 만들어 표현이 어려운 상황에 대비하세요.

③ 담임 선생님과의 사전 소통

- 아이의 언어·감각·사회성 수준을 간단히 요약해 전달하세요.

- 위기 상황에서의 대처법을 전달하세요.

  * 아이가 울 때 안정시키는 방법, 감각이 예민할 때 일어나는 반응 등을 메모해 전달하면 많은 도움이 됩니다.

- 아이의 자조기술(화장실 사용, 식사, 물건 정리 등)의 수준은 어떤지, 좋아하는 활동, 싫어하는 자극에는 무엇이 있는지 세부사항을 적어 전달하세요.

④ 학교생활을 위한 연습 활동

- 실내화 갈아 신기, 가방 정리하기, 자리에 앉기, 손 들고 말하기 등 학교에서의 상황을 놀이처럼 반복해 보세요.

- 인사하기, 기다리기, 차례 지키기 등 사회적 규칙을 즐겁게 연습시켜 보세요.

⑤ 부모 스스로 감정을 잘 돌보기

- 입학식, 돌발 상황 등에 대한 플랜 B를 마련해 두세요.

- 자신을 원망하지 않도록 주의하세요.

- 부모 커뮤니티를 통해 일상과 걱정, 감정 등을 공유하며 고립되지 않도록 주의하세요.

🌂 학교 적응의 핵심은 '완벽함'이 아니라 '조금씩 익숙해지는 것'에 있습니다. 작은 준비가 큰 안정을 만들어 줍니다. 선생님과의 협력, 가정에서의 연습, 그리고 부모의 안정된 태도가 우리 아이에게 '괜찮은 시작'을 선물해 줄 것입니다. 더디고, 때론 지겨울 수도 있지만, 조바심 내지 말고 조금씩 나아가세요.

5장

안녕, 낮선 세상

학부모 공개 수업에서 배운 것

유치원 학부모 공개 수업 날이었다. 웃으며 교실에 들어섰지만, 사실 조금 긴장한 상태였다. 학부모들이 교실 뒤편에 나란히 앉아 아이들을 바라보는 모습은 평온하기 그지없는데, 내 마음속에서는 불안이 넘실대고 있었다.

수업이 시작되고, 선생님이 커다란 그림책을 펼쳤다. 대부분의 아이가 고개를 들고 귀를 기울이는데 율이는 책장을 넘기는 속도가 마음에 들지 않는 듯 꼼지락거리기 시작했다. 그리곤 책장이 채 몇 장이 넘어가기도 전에 큰소리로 울며 "나가자!"라고 말하기 시작했다. 선생님은 익숙한 듯 부드럽게 아이를 달래며 수업을 이어갔고, 나는 조심스레 율이를 데리고 교실 밖으로 나왔다. 당시에는 크게 눈치 보지 않았다. 학교 진학 전 다닌 병설 유치원에는 율이 외에도 특수 교육 대상 아이가 여럿 있었고, 교사와 학부모 모두 이런 상황에 익숙했다. 아이가 소리를 질러도, 떼를 써도, 말을 잘 못해도 서로 이해하고 존중하는 분위기였다.

그러나 초등학교는 달랐다. 전교생 중 특수 교육 대상은 율이 혼자뿐이었다. 1학년만 해도 여섯 개 학급이 있는 제법 큰 학교인데 말이다. 모두가 율이를 처음 보니 단 한 번만 울거나 소리 질러도 낯선 시선이 쏠릴 수밖에 없었다. 아이가 왜 이런 행동하는지 설명하기도 전에 이미 '저 애는 좀 다르구나.'라고 인식될 수도 있다는 두려움이 들었다.

초등학교 첫 공개 수업이 다가오자, 나는 유치원 때와는 전혀 다른 종류의 긴장감 속에 하루하루를 보내야 했다. '한 번쯤은 가봐야 하지 않을까?' 하는 생각과 상처만 받고 돌아오게 될 거라는 걱정이 번갈아 나를 괴롭혔다. 공개 수업에 관한 안내 문자를 받으면 잠시 마음이 설레다가도, 나와 율이를 바라보는 학부모들의 날 선 시선을 상상하면 온몸이 굳었다. 며칠을 망설이다가, 결국 불참을 선택했다.

공개 수업 당일, 율이는 도움반에서 시간을 보냈다. 그런데 며칠 뒤 열린 학부모 총회에서 몇몇 학부모가 담임 선생님께 율이에 대해 조심스럽게 물었다고 했다.

"수업 시간에 많이 운다던데 사실인가요?"

"아이의 상태가 어떤 정도인가요?"

"왜 우리 반에 배정되었나요?"

다행히 담임 선생님은 이러한 질문에 능숙하게 답했다.

"율이와 우리 아이들이 한 반에서 만나게 된 것도 인연입니다. 올 한 해는 아이들이 다양성을 배우고 포용력을 기르는 좋은 기회가 될 것입니다."

그 이야기를 전해 들었을 때, 나는 감사함과 분노를 동시에 느꼈다. 선생님의 품격 있는 답변이 고마웠지만, 나와 아이가 없는 자리에서 우리 이야기가 오고 갔다는 사실 자체가 불편하고 서운했다. 방어할 기회 없이, 설명할 시간도 없이, 아이의 이름이 오르내렸다는 사실이 머릿속을 떠나질 않았다.

며칠 동안 마음이 진정되지 않았다. 억울하고, 속상했다. 다시는 이런 일이 없었으면 좋겠다고 생각했다. 그런데 시간을 두고 생각해 보니, 결론이 조금 달라졌다.

'몰랐을 수도 있지.'

아마 그들은 장애 인식 교육을 체계적으로 받아본 적이 없을 것이고, 발달 장애 아이를 직접 만나본 경험도 드물 것이다. 모르면 오해가 생기고, 오해는 결국 잘못된 판단과 시선으로 이어지기 마련이다. 무지에서 비롯된 행동이 더는 율이와 우리 가족에게 상처가 되지 않도록 내가 나서야 했다. 그래서 우리 학급 부모들이 모두 모인 단체방에 편지를 쓰기 시작했다.

안녕하세요, 6반 율이 엄마입니다.

우리 사랑스러운 6반 친구들이 매일 아침 율이에게 반갑게 인사하고, 다정하게 말을 걸어 준다는 소식을 담임 선생님께 들었습니다. 고마운 마음을 어떻게 전할까 고민하다가 이렇게 부모님들께 감사 인사를 드립니다.

또한 부모님들께서 율이에 대해 궁금해하신다고 해서 이 기회에 우리 가족과 율이에 대한 이야기를 조금 나누고자 합니다. 긴 글이 될 것 같지만, 읽어 주신다면 정말 감사하겠습니다.

율이는 방긋방긋 잘 웃고 애교가 많은 저희 집 둘째로, 3학년 형이 있습니다. 태어날 때부터 목을 가누고, 옹알이를 하고, 걷는 등 모든 발달 과정이 또래보다 느렸습니다. 두 돌 무렵, 대학병원에서 자폐 스펙트럼 의심 소견을 받았고, 그때부터 슬퍼할 틈도 없이 재활 치료를 시작했습니다. 처음 1년 동안은 치료실 문이 닫히자마자 들려오는 울음소리에 저도 참 많이 울었습니다. 그 후 병원뿐 아니라 집에서도 첫째를 키울 때보다 몇 배는 더 많은 훈육과 연습을 반복해야 했습니다.

다행히 가족 모두가 한마음으로 버텨온 덕분에 지금은 아침에 혼자 등교하고 하루 일과를 소화할 만큼 성장했습니다. 현재 율이의 진단명은 '고기능 자폐 스펙트럼'으로, 지능과 신체 기능에는 큰 문제가 없으나 사회적 의사소통 발달이 약 30개월 수준에 머물러 있습니다.

처음에는 특수 학교에 지원했지만, '일상생활에 큰 도움이 필요하지 않고, 폭력성이 없으며, 기질이 온화해 일반 학교에 충분히 적응 가능하다.'라는 이유로 입학이 불가하다는 답을 받았습니다. 유치원 연장도 법적으로 허용되지 않아 결국 집에서 가장 가까운 이 학교에 입학하게 되었습니다. 학교에서는 '걱정하지 말라, 힘든 순간이 오면 보조 선생님이 잘 돌봐 주실 거다.'라고 말씀해 주셨지만, 마음 깊은 곳의 불안은 쉽게 가라앉지 않았습니다.

입학 전날 밤, '혹시 민원이 들어오면 어떻게 할까?', '다른 학부모들이 불편해하면 어쩌지?' 하는 걱정이 쉴 틈 없이 밀려왔습니다. 한번쯤은 학교에 가봐야 하지 않을까 하는 마음과, 괜히 상처만 받을까 두려운 마음이 교차했습니다. 그래도 용기 내어 입학식에 참석했고, 다행히도 천사 같은 6반 친구들을 만나 오늘까지 잘 적응하고 있습니다.

장애아 부모 교육에서는 늘 이렇게 말합니다.

"아이의 존재 자체에 대해 미안해하지 마세요."

맞는 말입니다. 모든 아이는 귀하고 사랑받아야 할 존재입니다. 그렇게 귀한 친구들이 율이에게 고사리손을 내밀어 준다니, 참 고맙고, 선생님들께도 늘 감사하면서 죄송한 마음입니다.

저는 오래 전 미국 뉴욕주의 공립 초등학교에서 잠시 교사로 일한 경험이 있고, 한국에서는 교육 사업에 오랫동안 몸담았습니다. 지금은 일을 잠시 멈추고 율이의 치료에 전념하고 있습니다. 율이 덕분에 장애 인식 개선 강사 자격을 취득했고, 더 나아가 인권에 대해 공부하고 있습니다. 저의 교육 철학은 타인에게 피해를 주지 않는 한, 자유롭고 행복하게 살아가는 사람이 되는 것입니다.

정중히 부탁드립니다. 아이들이 집에서 율이에 대해 이야기한다면 부정적인 단어가 아닌, '자폐 스펙트럼이 있는 친구' 정도로만 표현해 주시면 감사하겠습니다. 아이가 "자폐 스펙트럼이 뭐예요?"라고 묻는다면 "몸은 여덟 살이지만, 마음속은 아직 어린 동생 같은 친구야." 정도로 설명해 주시면 좋겠습니다.

율이는 저희 가족에게 새로운 시선과 삶의 의미를 선물해 준, 그 자체로 고마운 존재입니다. 세상에 와 주어 고맙고, 함께 살아가 주어 고맙습니다. 6반 친구들에게도 올 한 해가 조금 더 특별하고, 서로의 다름을 배우며 함께 성장하는 시간이 되기를 진심으로 바랍니다. 감사합니다.

내 편지를 읽고 많은 부모님이 응원의 말씀을 보내 주셨다. 나는 그 응원 메시지들을 읽으며 소리 없이 울었다. 그중에서도 오래도록 내 마음에 남은 두 개의 메시지를 다시 꺼내 나누고자 한다.

안녕하세요, 율이 어머님.

정성스러운 글을 읽으며 많은 감동을 받았습니다. 율이를 향한 가족들의 사랑과 노력, 그리고 어머님의 따뜻한 마음이 너무나 잘 전해졌습니다. 쉽지 않은 길을 걸어오셨을 텐데, 용기 내어 이렇게 이야기해 주셔서 정말 감사합니다.

우리 6반 친구들이 율이와 자연스럽게 어울리며 함께 성장할 수 있다는 것이 참 다행이고, 기쁜 일인 것 같습니다. 우리 아이가 율이에게 좋은 친구가 되어 줄 수 있도록 따뜻한 마음을 가르치고 응원하겠습니다.

어머님과 율이, 그리고 가족분들에게 늘 행복과 평안이 함께하길 바랍니다. 언제든 함께할 수 있도록 마음을 열고 응원하겠습니다.

다시 한번 용기 있고 따듯한 나눔 진심으로 감사드립니다!

안녕하세요, ○○이 엄마입니다.

한 글자 한 글자 꾹꾹 눌러 쓰신 글을 보니 마음이 찡하네요. 율이 어머님이 용기 내 써 주신 진심 가득한 글을 통해 율이에 대해 조금 더 알게 되어 참 기쁩니다. 입학식을 앞두고 율이 어머님이 느끼셨다는 그 마음을 감히 모두 헤아릴 수는 없으나, 어느 정도 이해가 갑니다.

우리 아이가 율이의 초등학교 첫 걸음을 든든하게 지지해 주고, 함께 걸어갈 수 있도록 집에서도 잘 설명하도록 하겠습니다. 순하고 착한 율이의 매 순간이 행복하기를, 그리고 율이네 가족에게 늘 웃음이 가득하기를 응원하겠습니다!

우리 고민을 나누며 함께 육아해요. 율이네 가족의 이야기를 들려 주셔서 감사합니다.

친구

하교 시간, 교문 앞은 늘 작은 축제라도 열린 것처럼 시끌벅적했다. 삼삼오오 모인 아이들이 "내일 보자!", "오늘 우리 집에서 놀자!" 하며 손을 흔들었다. 아이들의 목소리는 맑고 또렷해서 멀리서도 들렸다. 조금 떨어진 곳에서 율이가 모습을 드러냈다. 율이는 특수반 선생님의 손을 꼭 잡고 있었다. 가방끈이 어깨에서 미끄러지지 않도록 손에 힘을 쥔 채, 곧장 나를 향해 걸어왔다. 같은 반 친구들이 손을 흔들어도 율이는 고개를 돌리지 않았다. 율이의 시선은 처음부터 끝까지 나에게만 고정되어 있었다.

미소를 짓고 있었지만, 한편으로 '아직은 멀었구나.'라는 생각이 고개를 드는 것은 어쩔 수 없었다. 친구를 사귀려면 이름을 부르고 눈을 맞출 수 있어야 한다. 그런데 그 작은 시작조차 율이에게는 쉽지 않다는 걸, 그날 하굣길에서 다시 확인하고 말았다. 선생님은 율이의 손을 놓아 주며 "율이 오늘 잘 지내고 수업도 잘 마쳤어요."라고 짧게 말씀하셨다. 고마운 말이었지만, 내 마음은 여전히 씁쓸하기만 했다.

며칠 뒤, 반 아이들 사이에서 생일 파티 초대장이 돌았다. 알록달록한 봉투를 받아든 아이들이 "꼭 갈게.", "케이크는 무슨 맛이야?" 하며 들뜬 목소리로 이야기를 나눴다. 율이에게는 아무것도 오지 않았다. 잠시 서운했다.

'왜 우리 아이는 불러 주지 않았을까?'

하지만 곧 며칠 전의 하굣길이 떠올랐다. 친구들에게 눈길조차 주지 않고, 대답도 미소도 없이 곧장 나에게로 오던 아이.

생일 파티에 부른다는 건 단순한 친절 이상의 의미를 가진다. 초대한 아이와 초대받은 아이가 서로 편하고 친밀한 사이여야 하고, 함께 시간을 보내는 장면이 그려져야 한다. 억울하다고 하자니, 그럴 만한 이유가 있다는 걸 인정하지 않을 수 없었다. 마음 한편이 씁쓸했지만, 나에게 같은 상황이 벌어졌다면 같은 선택을 했을 거라는 생각이 들었다.

몇 달 전 첫째 아이의 생일 파티를 준비할 때를 떠올렸다. "누구를 초대할까?" 묻는 아이에게 나는 망설임 없이 말했다.

"평소에 가깝게 지내는 친구들만 불러."

그 말에 첫째는 잠시 고민하더니 다섯 명의 이름을 적었다. 나는 알록달록한 초대장에 그 이름들을 옮겨 적었다. 당연한 일이었다.

그 기억과 지금의 상황이 겹쳐 보이자 기분이 묘했다. 친구관계는 부모의 바람만으로 만들어지는 것이 아니다. 아이들 사이에서 하루하루의 시간이 쌓이며 생기는 것이다. 언젠가 율이가 먼저 친구의 이름을 부르고, 그 친구가 주저 없이 초대장을 건네는 날이 오기를 바란다. 그날이 언제일지 알 수 없지만, 기다림이 헛되지 않도록 오늘도 작은 인사부터 연습해 나가야겠다.

함께 웃는 연습

율이가 다섯 살이 되던 해, 나는 '발달지연아동 권리보호 가족연대'라는 이름의 단체방에 가입했다. 시작점은 분명했다. 치료비 지급을 거절하는 보험사와 싸우기 위해서였다. 처음엔 서로의 이름조차 모른 채, 병원 진단서와 청구서 사본, 지급 거절 사유가 적힌 통지문을 공유하며 부당함에 대한 분노로 뭉쳤다. 법률 조항, 보험 약관 캡처, 사례 기사 링크가 쉴 새 없이 공유되었다. 나 역시 아이의 이름을 가리고 서류를 올리며 나와 같은 처지인 사람들이 있다는 사실에 묘한 안도감을 느꼈다.

매일같이 누군가가 새로운 보험금 지급 거절 사유를 올렸고, 다른 누군가는 관련 법률 조항을 찾아 주었다. "진단명이 약관상 보장 대상이 아니다.", "질병이 아닌 영구 장애다.", "치료 목적이 아니라 교육 목적에 해당한다.", "주치의 소견이 불충분하다."라는 문장이 하루에도 몇 번씩 반복됐다.

어떤 보험사는 낮은 점수를 받은 언어 평가 결과 하나를 이유로 보험금 지급을 거절했고, 또 어떤 곳은 병원에서 의사의 처방 하에 이루어지는 놀이 치료나 인지 치료를 두고 "의료 행위가 아닌 민간 자격사에 의한 불법 행위"라며 선을 그었다. 같은 치료, 같은 진단서인데 보험사에 따라 결과가 달랐다. 누군가는 전액 거절, 누군가는 몇 차례의 이의 신청 끝에 일부라도 지급받을 수 있었다.

빨간 줄로 표시된 지급 불가 사유 문장들, 법률 용어로 가득한 문서 앞에서 부모들은 하나같이 말했다.

"이게 무슨 뜻인지 모르겠어요."

우리는 서로의 길잡이가 되어 주었다. 누군가는 약관의 해당 조항을 찾아 캡처해 올렸고, 누군가는 금융감독원 분쟁 조정 사례 번호를 남겨 주었다.

"이 문구로 다시 이의 신청해 보세요."

"주치의 소견서에 '치료의 필요성'과 '의학적 목적'이 명확히 들어가야 해요."

"진단명 대신 증상 중심으로 다시 써 달라고 요청해 보세요."

그렇게 우리는 보험사가 던진 차가운 문장에 대응하는 법을 하나씩 배워갔다.

우리는 단체방에만 머물지 않고 세상으로 나아갔다. 몇몇 부모들은 직접 거리로 나섰고, 기자들 앞에 서서 마이크를 잡았다.

"특혜를 요구하는 게 아닙니다. 아이에게 필요한 치료를 보험사의 내부 규정이라는 핑계로 가로막지 말아달라는 겁니다."

피켓을 쥔 손은 떨렸고, 아이 이름이 적힌 서류는 구겨졌지만, 그날의 목소리만은 분명했다. 방송국 카메라 앞에서 자신의 이야기를 처음 꺼내는 부모도 있었다. 어떤 이는 인터뷰를 마치고 돌아와 "말은 제대로 못 했지만, 그래도 속은 후련했어요."라는 메시지를 남겼다. 뉴스 화면 속에서 울먹이던 얼굴들은 매일 밤 휴대폰 너머로 만난 바로 그 부모들이었다.

우리가 겪는 문제를 해결할 방법은 단순하진 않지만, 분명히 존재했다. 최초 거절 시 포기하지 않고 이의 신청을 반복하는 것, 진단서와 검사 결과지를 보완해 다시 제출하는 것, 보험사 내부 민원이 막히면 금융감독원 분쟁 조정을 신청하는 것, 그리고 비슷한 사례를 근거로 드는 것. 무엇보다 중요한 건 '혼자 싸우지 않는 것'이었다. 혼자라면 읽다가 포기했을 어려운 약관 문장을 누군가 함께 해석하며 읽어 주었고, 한 번의 실패로 무너질 뻔한 마음을 다른 누군가가 붙잡아 주었다. 그 단체방은 단순한 정보 공유 공간이 아니라 제도 앞에서 작아진 부모들이 서로를 부축하며 아이의 권리를 지키는 전우로 거듭나는 곳이었다.

몇 년이 흐르며 우리 단체는 '전국장애인부모연대 발달지연특별위원회'에 정식 편입됐다. 나도 부위원장이란 직함을 얻게 되었고, 국회 정책토론회나 회의 참석으로 바쁜 날들이 이어졌다. 싸움이 반복되자 숨이 막혔다. 어느 날 단체방에 조심스럽게 이런 제안이 올라왔다.

"우리, 아이들 데리고 한 번 모여서 놀아 볼까요?"

우리는 한 키즈 카페에서 만났다. 글과 사진으로만 보던 얼굴들이 눈앞에 있었고, 막연히 상상만 하던 아이들이 같은 공간에 있었다. 아이들은 곧장 한곳에 모이지 않고, 자연스럽게 각자 흩어졌다. 누구 하나 "같이 놀자!"라고 말하지 않았지만, 각자의 방식으로 낯선 공간을 살피기 시작했다. 바닥을 발로 톡톡 두드려 보는 아이, 벽에 붙은 그림을 하나하나 손으로 더듬어 보는 아이, 천장을 올려다보다가 이유 없이 웃음을 터뜨리는 아이. 아이들의 시작은 늘 조심스럽고 느렸다.

율이는 구석에서 두 손을 꼭 쥔 채 사람들을 훑어봤다. 익숙하지 않은 얼굴들, 평소와는 다른 소리, 빠르게 움직이는 아이들 사이에서 쉽게 앞으로 나아가지 않았다. 그러다 볼풀에 굴러다니던 파란 공 하나를 발견하더니 그것을 집어 들었다. 그리고 옆에 있던 아이에게 그 공을 슬쩍 내밀었다. 아이는 말없이 그 공을 자기 앞에 놓았고, 율이는 다시 다른 공을 집었다. 둘은 서로를 오래 바라보지도, 특별한 대화를 나누지도 않았다. 하지만 공은 몇 번이고 오갔다. 그 정도면 충분했다.

아이들이 놀고 있는 사이, 엄마들도 테이블에 모였다.

"어제 우리 애는 냉장고 문을 세 시간 동안 열었다 닫았다 했어요."

"그건 양반이죠. 우리 애는 같은 그림을 세 시간 동안 그렸어요."

이런 이야기를 해도 "왜?"라고 묻거나 의아해하는 사람이 없었다. 오히려 서로를 웃게 만들 뿐이었다. 고개를 끄덕이며 웃다 보니 어느새 긴장이 조금씩 풀리고 있었다.

이야기의 중심은 자연스럽게 아이들이 되었다. 계란을 안 먹던 아이가 어느 날 노른자를 한 입 먹었다는 소식에 "와, 그건 진짜 엄청난 일이다."라는 반응이 나왔고, 샤워기를 무서워해 늘 물을 받아 머리를 감던 아이가 물줄기를 잠깐 버텼다는 이야기에 박수가 이어졌다. 다른 집에서는 그냥 지나쳤을 일들이 이 자리에서는 하루 종일 이야기해도 모자랄 만큼 큰 뉴스가 되었다. 누군가의 작은 진전이 모두의 기쁨이 되었다.

집에 돌아온 뒤 단체방에 메시지가 하나 올라왔다.

"우리 다음에 또 볼까요?"

그렇게 다음 만남이 잡혔고, 특별한 이유 없이도 자연스럽게 다음을 약속하게 되었다.

이 만남은 한 달에 한 번, 혹은 두 달에 한 번 이루어졌는데, 빠져도 괜찮고, 당일에 취소해도 괜찮았다. 아이가 울어도, 갑자기 자리를 벗어나도 아무도 눈치를 주지 않았다. 아이들은 서로의 이름을 또렷이 부르지는 못해도 얼굴만큼은 기억했고, 우리는 그 정도면 충분하다고 생각했다. 아이들이 노는 동안 어른들도 모처럼 함께 웃을 수 있었다.

보험사와의 싸움, 정부와의 싸움은 여전히 진행 중이고,

제도적 장벽은 여전히 높다. 하루아침에 세상이 달라지는 것도 아니다. 하지만 이런 시간들이 있기에 우리는 버틴다. 이 자리에서는 아이들이 울어도, 혼자 있어도, 눈을 마주치지 않아도 괜찮다.

때로는 전우처럼, 때로는 친구처럼, 우리는 아이들과 함께 웃는 연습을 하고 있다. 속도는 조금 다르지만 방향은 같다. 조금 느려도 괜찮다. 중요한 건 함께 가고 있다는 사실이니까.

오늘의 한 걸음

3월 둘째 주 아침, 율이가 현관에 가방을 메고 서 있었다. 나는 평소와 다름없이 물었다.

"혼자 학교 갈 수 있겠어?"

율이는 나를 똑바로 보더니 잠시 숨을 고르고 느린 목소리로 또렷하게 말했다.

"다녀오겠습니다."

그 한마디가 왠지 다르게 들렸다. 매일 하는 인사인데

그 속에 작은 결심이 묻어 있었다. 나는 웃으며 “그래, 잘 다녀와.” 하고 문을 닫았다. 그러나 잠시 후 조용히 신발을 꺼내 신고 멀찍이서 아이를 따라 나섰다.

현관 앞에서 양말을 올려 신은 율이는 가방끈을 두 손으로 바짝 잡았다. 가방이 한쪽으로 쏠리자 다시 고쳐 멨다. 작은 동작 하나하나가 마치 어떤 의식 같았다. 놀이터 옆을 지날 때는 잠시 고개를 돌렸고, 길 한쪽에 모인 비둘기 떼 앞에서는 한참 걸음을 멈췄다. 눈빛은 고요하고 발걸음은 느렸지만, 여전히 옳은 방향으로 가고 있었다. 잠시 멈췄다가도 다시 걸음을 내딛는 모습이 든든하게 느껴졌다.

학교 담벼락을 따라 걷던 율이는 곧 정문을 지나 학교 건물 안으로 들어갔다. 1층 로비에서 계단으로 향하는 발걸음에는 주저함이 없었다. 계단을 올라 자연스럽게 3층에 도착해 복도 끝에 있는 자기 반 앞에서 멈춰 선 율이는 실내화를 꺼내 갈아 신고 자리를 찾아가 앉았다. 가방을 걸어두고, 가만히 손을 모았다. 모든 동작이 부드럽고 차분했다. 나는 복도 끝에서 그 모습을 오래 지켜봤다. 평범한 등굣길이지만, 내겐 영화 속 한 장면처럼 특별했다. ‘아직 혼자 하긴 어려울 거야.’라고 생각해 온 내가 부끄러웠다.

그날 이후 나는 율이의 홀로서기를 응원하기 시작했다. 스스로 옷 입기, 밥그릇 정리하기, 등하교 준비하기. 예전에는 내가 나서서 해 주던 일이었지만, 시간이 오래 걸릴 걸 알면서도 율이가 스스로 하도록 두었다. 물론 평소보다 30분은 더 일찍 움직여야 했고, 마음이 조급해질 때도 많았다.

율이는 셔츠 앞뒤를 헷갈려 한참을 들여다보곤 했다. 소매에 손을 넣다가 멈추고, 다시 빼고, 바닥에 내려놓기를 반복했다. 예전 같았으면 "이렇게 하는 거야." 하며 바로 입혀 줬을 텐데, 그날부터는 옆에 앉아 "거의 다 됐어. 천천히 해도 돼."라고 응원하며 기다렸다. 한참을 씨름하다가 결국 소매 하나를 제대로 끼워 넣은 율이는 나를 한 번 올려다보고 다시 자기 일에 집중했다. 끝까지 혼자 해내지는 못해도, 마지막 단추 하나만큼은 스스로 채웠다. 그날 아침, 우리는 평소보다 훨씬 늦게 집을 나섰다.

밥을 먹고 난 뒤에도 마찬가지였다. 율이는 어떻게 해야 할지 몰라 밥그릇을 흔들어댔다. 나는 그릇을 받아 주지 않고, 싱크대 쪽을 가리켰다. 율이는 몇 걸음을 옮겼다가 다시 돌아왔다가, 결국 제 손으로 싱크대에 그릇을 내려놓았다. 물이 튀고, 숟가락도 떨어뜨렸지만, 혼내지 않고 "다시 해 볼까?"라는 말만 덧붙였다. 시간이 조금 걸렸지만, 그릇은 제자리에 놓였다.

등교 준비는 시간이 가장 오래 걸리는 일이었다. 가방에 무엇을 넣어야 할지 몰라 책상 앞에서 서성였고, 준비물을 하나 넣고 나면 다음에 무엇을 해야 할지 몰라 헤맸다. 나는 무엇을 챙기라고 알려 주기보다는 책상 위에 놓인 물건을 하나씩 짚어 주며 "이건 어디에 들어갈까?" 하고 물어보는 방식을 택했다. 답을 알려 주기보다 생각할 시간을 주는 방식이었다. 그렇게 하루이틀이 지나자 율이는 가방을 메기 전에 한 번 더 책상을 확인하는 습관을 갖게 되었다.

물론 늘 순조로운 건 아니었다. 컨디션이 안 좋은 날에는 나의 도움이 필요했고, "싫어요!"라는 말이 먼저 나오는 날도 있었다. 하지만 분명히 자기만의 속도를 만들어가고 있었다. 완벽하게 혼자 해내지는 못해도 '해 보려는 시도'가 조금씩 늘어났다.

나도 점차 알게 되었다. 자립은 어느 날 갑자기 혼자 모든 걸 해내는 게 아니라는 걸. 매일 조금씩 혼자 해 보려는 마음과, 그만큼 시간이 걸려도 괜찮다고 말해 주는 사람이 곁에 있어야 비로소 시작된다는 걸. 그래서 나는 율이보다 조금 느린 사람이 되기로 했다. 아이가 자기 속도로 도착할 수 있도록 딱 한 걸음 뒤에 있어 주는 사람이 되고자 한다.

며칠 뒤, 개별화 교육(IEP) 상담이 있던 날, 선생님이 올해의 목표를 적은 계획서를 내어 주셨다. 거기에는 이렇게 쓰여 있었다.

'교사의 지시에 따라 10분 이상 자리에 앉아 중간에 교실 밖으로 나가려는 행동 없이 수업 활동을 지속할 수 있다.'

'하루 1회 이상 또래에게 먼저 다가가 인사, 질문, 간단한 요청을 표현할 수 있다.'

'또래와의 간단한 놀이 또는 과제를 5분 이상 유지하며 상호작용할 수 있다.'

'쉬는 시간 또는 하교 준비 시, 교사의 안내 없이 필요한 물품(과제물, 준비물 등)을 찾아 챙길 수 있다.'

'주 3회 이상, 급식 후 스스로 식판과 수저를 정리하는 활동을 마무리할 수 있다.'

계획서를 덮으려는 순간, 담임 선생님과 특수반 선생님이 웃으며 말했다.

“율이는 볼수록 할 줄 아는 게 많아요. 이것저것 다 시켜 보고 싶다는 욕심이 나는, 내일이 더 기대되는 아이예요.”

“생각보다 똑똑하고 이해력도 좋아요. 말은 잘 안 하지만, 머릿속에는 생각이 많고, 자기주도적이고, 독립적인 아이예요.”

집에서도 율이는 설명을 길게 듣는 걸 좋아하지 않았다. 그 대신 한 번 보여 주면 그다음부터는 자기 방식으로 따라 했다. 레고를 조립할 때도 설명서 순서를 그대로 따르기보다는 필요한 부품만 골라 자신만의 모양을 만들었고, 한 번 시작하면 끝까지 혼자서 완성하려 했다. 중간에 도와주려 하면 “내가!”라는 말과 함께 밀어냈다.

또, 말이 적다고 해서 생각이 없는 건 아니었다. 율이는 머릿속에서 정리가 끝나야 행동으로 옮기는 아이였다. 조용히 지켜보다가 필요한 순간에만 짧게 자기 의사를 표현했다. ‘싫어’, ‘이거’, ‘나중에’와 같이 길지는 않지만 대부분 상황에 정확히 맞는 말이었다. 그럴 때마다 우리는 율이가 많은 것을 이해하고 있다는 사실을 다시 한번 확인하게 되었다.

‘볼수록’이라는 표현이 내 마음에 남았다. 율이는 눈에 띄는 아이는 아니지만, 한 번 익힌 것은 자기 것으로 만들 줄 아는 아이였다. 서두르지 않고, 떠들지 않고, 자기 속도로 차곡차곡 쌓아갔다. 어른들이 기다려 주기만 하면 생각보다 훨씬 많은 걸 해낼 수 있었다.

상담을 마치고 집으로 돌아오면서 나는 율이를 다시 보게 되었다. 못하는 것보다 이미 할 수 있는 것이 더 많아지고 있다. 내일이 기대된다는 선생님의 말이 그제야 실감이 났다.

나를 단단하게 조이던 매듭이 조금 풀어졌다. 안도감이 밀려왔다. 누군가 '당신, 지금 잘하고 있어요.'라고 등을 다독여 주는 것만 같았다. '이제는 혼자가 아니구나. 율이를 믿어 주는 어른들이 곁에 있구나.' 그런 생각이 들었다. 그 순간이 내 마음에 진한 인상으로 남아 있다.

나는 이제 안절부절못하며 아이를 쫓아다니던 시절에서 성장했다. 이제는 율이의 내일이, 한 걸음 앞이 더욱 기대된다. 내일은 어떤 것을 시도해 볼 수 있을까? 우리가 또 무엇에 도전할 수 있을까? 무엇이든 믿을 수 있다. 그럴 자신이 있다.

아이의 학교생활에 앞서 부모는 무엇을 준비해야 하나요?

Q. 공개 수업을 앞두고 있는데 두려운 마음이 들어요. 무엇을 준비해야 할까요?

먼저 담임 선생님과 대화하세요. 수업 활동 내용, 자리 배치, 보조 선생님의 역할 등을 미리 상의하면 안정감을 얻을 수 있습니다. 아이가 힘들게 느끼는 상황과 그때 도움이 되는 방법을 간단히 메모해 전달하면 수업 진행 중에 돌발 상황이 발생해도 교사가 즉시 대응할 수 있습니다.

Q. 학부모들과 어떻게 인사하면 좋을까요?

짧지만 따뜻하게, 그리고 긍정적으로 접근하세요. 아이의 어려움만이 아니라 아이가 좋아하는 것과 잘하는 것을 먼저 전하세요.

"○○는 블록 놀이를 좋아해요. 집중 시간은 짧지만 정리에는 놀랄 만큼 몰입해요."

긍정적인 첫인상은 관계의 문을 여는 열쇠가 됩니다.

Q. 다른 부모들의 시선이 불편하게 느껴질 때는 어떻게 하면 좋을까요?

감정을 내세우기보다는 설명이 먼저가 되도록 하세요.

"○○ 행동은 의사소통이 어려워서 생기는 반응이에요. 잠시만 시간을 주면 괜찮아집니다."

이렇게 짧고 부드럽게 알리는 것이 좋습니다. 가능하다면 사전에 편지나 메시지로 아이를 소개해 두면 오해를 크게 줄일 수 있습니다.

Q. 우리 아이가 공개 수업에서 무엇을 보여 주면 좋을까요?

완벽함이 아니라 우리 아이다운 모습을 보여 주는 것이 좋을 것 같습니다. 짧지만 확실한 집중, 친구에게 건네는 미소, 선생님과의 눈 맞춤…. 아이의 하루는 이런 작은 순간이 모여 만들어집니다. 공개 수업은 비교의 시간이 아니라 '함께 있음'을 나누는 시간입니다. 그러니 특별한 모습을 보여 주려 애쓰기보다는 있는 그대로를 인정하고 함께하는 것이 좋습니다.

★ 공개 수업 전날 체크리스트

- 담임 선생님과 수업 참여 계획에 대해 공유하기.

- 아이의 특성과 강점, 대처법 등을 준비해 두기.

- 학부모들에게 전할 간단한 인사말과 아이에 대한 소개 준비하기.

- 아이를 진정시킬 수 있는 도구나 간식, 물 챙기기.

- 돌발 상황에 대한 시나리오를 세워 두고 마음속으로 리허설하기.

마지막으로, 공개 수업은 '평가의 날'이 아닌 '관계의 시작'이라는 것을 기억하세요. 우리가 준비해야 할 것은 아이의 특별함을 뽐내는 것이 아닙니다. 부모의 따뜻한 한마디와 준비된 태도가 모두에게 편안한 공기를 만들어 줍니다. 힘을 빼세요. 숨을 크게 쉬세요. 긴장하지 말고, 아이를 믿고 교실에 들어서세요.

우리 아이의 친구관계, 어떻게 도움을 줄 수 있을까요?

Q. 발달 장애 아동은 왜 친구를 사귀기 어려울까요?

발달 장애 아동은 눈 맞춤이 어렵고, 표정, 목소리 톤 등의 사회적 신호를 이해하고 해석하는 발달 속도가 늦어 친구와 자연스럽게 상호작용하는 데 어려움을 겪습니다. 대화를 시작하거나 이어가는 방법, 놀이 규칙을 이해하는 속도도 느려서 또래 집단 속에서 주도적으로 관계를 만들기 쉽지 않은 것이 사실입니다. 하지만 알고 보면 순하고 진지한 아이들이죠. 비장애 아이들과 조금 다를 뿐입니다. 속상할 수 있지만, 아이에게 충분한 시간을 주세요. 그리고 가족들이 아이의 첫 번째 친구가 되어 주세요.

친구관계는 부모가 억지로 만들어 줄 수 있는 것이 아닙니다. 부모의 역할은 사회 경험을 만들어 주는 것입니다. 다음과 같은 작은 활동들을 통해 아이가 충분히 연습하고 발을 내디딜 수 있도록 도와주세요.

★ 사회성 강화를 위한 작은 활동

- **인사부터 연습시키기**

  이름 부르기, 손 흔들기, "안녕"이라고 소리 내 인사하기처럼 부담 없는 행동부터 시작해 봅니다.

- **타인과 공유할 수 있는 놀이 찾기**

  말이 적더라도 함께 할 수 있는 보드게임, 블록 쌓기, 그네 타기 같은 활동을 찾아 주세요.

- **관계 맺기의 성공 경험 만들어 주기**

  친구관계를 만들어 주고 싶다면 단둘이 노는 자리보다는 서너 명이 소규모로 모이는 자리가 부담이 덜합니다. 다대다의 상황에서는 관심과 시선이 분산되니까요.

Q. 반 친구가 아이를 생일 파티에 초대하지 않았어요. 어떻게 대처하면 좋을까요?

선불리 차별로 단정 짓기보다는 아이들 사이의 친밀도와 관계를 먼저 고려하세요. 초대받지 못한 것이 서운할 수는 있습니다. 다만 아이에게는 "다음 기회에 또 만나면 돼."라고 긍정적으로 전달하는 것이 좋습니다. 반대로 내 아이가 파티를 열 때는 가능한 한 많은 친구, 다양한 친구를 초대해 '다름'을 경험할 기회를 만들어 주세요.

부모에게도 버팀목이 필요해요

Q. 장애 아동을 키우는 부모들과 모임을 갖게 되었어요. 모임 장소는 어떻게 고르는 게 좋을까요?

소음이 크지 않고, 아이들이 갑자기 움직여도 한눈에 들어오는 구조가 좋습니다. 키즈 카페, 소규모 실내 놀이터, 아동발달센터 내 놀이 공간, 방 구조가 단순한 문화센터 놀이방 등이 적합합니다. 장난감이 다양하면 좋고, 그것들을 한 공간에 배치해 아이들이 자연스럽게 같은 공간을 공유할 수 있다면 더할 나위 없이 좋습니다.

Q. 장애 아동 부모 모임을 시작할 때 특별한 준비가 필요한가요?

아이들이 좋아하는 장난감, 간단한 간식, 이름표를 준비해 공유하면 적응에 도움이 됩니다. 부모들이 사전에 아이들의 특성(좋아하는 활동, 민감한 부분 등)을 공유해 돌발 상황을 줄이도록 합시다.

Q. 아이들의 놀이 활동은 어떻게 구성하는 것이 좋을까요?

마냥 '함께 놀아라.'라고 강요하기보다는 자연스럽게 같은 활동을 할 수 있도록 환경을 만들어 주는 것이 효과적입니다. 같은 색 블록 쌓기, 물감 칠하기, 같은 놀이기구 타기 등 평행 놀이 중심으로 구성해 보세요. 다만 경쟁이나 점수를 매기는 활동은 피하는 것이 좋습니다.

Q. 부모들끼리 소통할 때 주의할 점이 있나요?

경험담을 나눌 때 마음대로 판단하거나 비교하지 않도록 주의하고, 단지 웃음과 공감을 나누는 데 집중하세요. 비슷하면서도 조금씩 다른 아이들이니 일상에서 보이는 반복 행동이나 독특한 관심사에 대한 이야기를 편하게 꺼낼 수 있을 것입니다. 이런 주제로 대화를 나누는 것이 불편하지 않도록 편안한 분위기를 만드는 것이 중요합니다. 또한 아이를 키우는 데서 겪는 어려움뿐 아니라 치료 정보, 제도 안내, 교육 자료 등 실질적인 정보도 공유하며 서로의 버팀목이 되어 주세요. 이런 모임은 부모의 정서 관리에 큰 도움이 될 뿐더러 어려움을 겪을 때에도 서로 손 내밀어 줄 수 있는 관계이니 아끼고 응원하며 지속해 나가기를 바랍니다.

Q. 부모 모임을 운영할 때 특별히 주의해야 할 것이 있나요?

특별한 아이들을 키우는 모임이니 가이드라인이 있는 것이 모두에게 좋습니다. 예를 들어 아이가 위험한 행동을 하면 무작정 감싸지 않고 바로 제지하기, 사랑스러운 아이들의 사진이나 영상을 찍기 전에는 반드시 보호자의 동의를 얻기, 아이의 발달 속도나 행동을 비교하고 평가하는 말과 행동은 지양하기, 아이가 울거나 자리를 이탈할 때의 대처 방법을 모임 전에 합의하기 등이 있습니다.

Q. 부모 모임을 오래 지속하려면 어떻게 해야 하나요?

같은 고민을 가지고 감정을 나눌 수 있는 사람들과 관계를 유지하는 것은 중요한 일입니다. 제가 느끼기에 오래 가는 모임에는 몇 가지 특징이 있습니다.

먼저, 정기 모임 날짜가 정해져 있으며, 그 시간과 장소가 부담스럽지 않다는 것입니다. 또한 이 모임에 대한 참석을 강요하고 압박하지 않습니다. 서로의 스케줄을 존중하고 다음을 기약합니다. 모임을 가진 뒤에는 사진과 간단한 후기를 공유하며 아이들의 긍정적인 기억을 강화합니다. 이렇게 좋은 경험을 축적하는 것이 부모에게도, 아이들에게도 큰 도움이 됩니다.

아이의 자립에 한 걸음씩 다가가는 방법

Q. IEP란 무엇인가요?

IEP(Individualized Education Program, 개별화교육계획)는 발달 장애·특수 교육 대상 학생이 개인의 수준과 필요에 맞춰 학습·생활·행동 목표를 달성하도록 설계한 맞춤형 계획입니다. 담임 교사, 특수 교사, 학부모가 함께 회의해 목표를 세우고, 매 학기 달성 여부를 평가하고 조정합니다. 쉽게 말해 아이가 오늘보다 조금 더 성장할 수 있도록 돕는 로드맵입니다.

Q. 자립 훈련을 시작할 때 가장 중요한 것은 무엇인가요?

처음부터 완벽을 요구하지 않고 조금씩 변화를 시작하는 것입니다. '3분 동안 앉아 있기', '한 가지 물건 스스로 챙기기'처럼 가능한 범위의 첫 시도를 목표로 삼으세요. 그리고 가정과 학교에서 같은 방식, 같은 기준으로 지도해 일관성을 유지하는 것이 중요합니다.

Q. 학교에서 정한 IEP 목표를 집에서도 이어가고 싶은데, 어떻게 하면 좋을까요?

목표를 구체적으로 나누고, 가정 상황에 맞게 적용해 보세요. 예를 들어 목표를 '3분 이상 자리에 앉아 수업 활동 참여하기'로 정했다면, 집에서는 독서, 퍼즐 맞추기, 색칠하기를 3분씩 유지하는 연습을 할 수 있고, 이때 타이머로 시간 인식을 도울 수 있습니다.

또, '쉬는 시간에 화장실 이용 후 손 씻기'가 목표라면 가정에서도 '화장실 이용→손 씻기' 순서를 그림카드로 시각화해 반복하세요.

목표가 '하교 준비 시 스스로 정리하는 활동 참여하기'라면 가정에서는 외출·귀가 전후 물건 챙기기를 연습하고, 이때 체크리스트를 활용할 수 있습니다.

Q. 아이가 무엇을 혼자 시도하려고 하면 금방 도와주고 싶은 마음이 들어요. 이럴 때는 참아야 하나요?

기다림이 곧 교육입니다. 아이가 혼자 해 보려고 한다면 적어도 10~30초는 개입을 미루세요. 필요한 경우 힌트만 주고, 끝까지 해냈을 때는 행동 직후 구체적으로 칭찬합니다.

"스스로 가방을 다 챙겼네. 우리 율이 멋지다!"

Q. 가정과 학교가 함께 목표를 관리하려면 어떻게 해야 하나요?

번거롭겠지만 매달 진행 상황을 공유하고, 성공 사례와 어려움을 모두 전달하세요. 가정과 학교의 환경 차이로 발생할 수 있는 변수를 점검하고, 다음 목표를 설정할 때 양측 의견을 적절히 반영하면 더욱 좋습니다.

여기서 '자립'은 완벽한 독립이 아니라 오늘 스스로 해 보려는 시도의 연속을 말합니다. 하루 한 번 성공하는 것도 충분히 의미 있습니다. 작은 성공, 환경 조성, 지속성. 이 세 가지를 꼭 기억하세요.

여기서 '자립'은 완벽한 독립이 아니라 오늘 스스로 해 보려는 시

6장

삶의 의미

엄마의 이야기, 하늘이 나에게 율이를 보낸 이유

병원 대기실의 공기는 늘 차갑게 느껴졌다. 차례를 기다리며 손에 쥐고 있던 번호표는 땀이 배어 축축했고, 내 눈은 시계의 초침을 따라가기 바빴다. 차례가 되어 진료실에 들어서면 내 심장은 더 크게 쿵쾅거렸다. 작은 진료실 안, 의사 선생님은 몇 장의 검사지를 넘기며 차분한 목소리로 말했다.

"발달 지연입니다. 빨리 치료하지 않으면 심각한 발달 장애로 발전할 수 있어요."

세상이 비현실적으로 느껴졌다. 귓속이 웅웅 울리고, 눈앞이 흐렸다. 설명이 이어졌지만 단어가 도통 머릿속에 들어오지 않았다. 무심코 가방을 열었는데 회사 서류가 그대로 들어 있었다. 불과 몇 달 전까지만 해도 나의 존재감을 증명하던 서류들이 이제는 아무 의미 없는 짐처럼 느껴졌다. 병원을 나와 집으로 돌아오는 길, 겨울 공기는 매서웠고, 넋이 나간 내게는 눈앞의 신호등 색깔조차 선명하지 않았다. 발걸음이 돌덩이처럼 무거웠다.

　아이를 낳기 전, 나는 누구보다 치열하게 살았다. 남들보다 열 배는 더 노력해서 기회를 얻었고, 그렇게 세운 자리에는 누구에게도 쉽게 설명할 수 없는 무게와 땀이 깃들어 있었다. 그 자리에서 '나'라는 사람은 빛났고, 자부심도, 존중도, 존재감도 분명했다. 하지만 어느 날부터 내 삶은 멈췄다. 조명이 빛나던 스튜디오, 넓고 환한 강단 위, 사람들의 박수 소리, 그런 것들로 존재감을 느끼던 순간은 사라지고 나는 이제 '율이 엄마'라는 이름으로만 불리기 시작했다. "엄마니까 당연하지."라는 말은 어느 날은 칭찬 같으면서도 내 커리어와 삶을 너무도 쉽게 지워버리는 주문 같았다.

　나는 점점 없어져도 괜찮은 사람처럼 살았다. 하지만 매일이 두려웠다.

　'과연 이 선택이 맞는 걸까?'

　'율이는 정말 좋아질 수 있을까?'

‘내가 사라진다 해도 율이만 괜찮아진다면 의미 있는 삶일까?’

질문은 꼬리를 물었고, 해답 없는 질문들이 내 마음을 잠식해 갔다.

그러나 율이와 함께하는 시간은 조금씩 내 마음을 바꿔 놓았다. 어느 날 치료실에서 그림책을 보던 율이가 나와 눈을 마주쳤다. 아주 잠깐이었지만, 그 시선 속에는 분명히 무언가를 전하려는 의지가 있었다. 또 다른 날에는 입술을 달싹이며 “엄마”와 비슷한 소리를 내뱉었다. 그 작은 변화로 인해 내 안에 폭풍이 몰아쳤다.

‘아, 완전히 멈춘 게 아니구나.’

율이는 느리지만 분명히 자라고 있었다. 내가 알아채지 못했을 뿐, 율이는 단 한 번도 멈춘 적이 없었다.

율이는 내 삶을 멈추게 한 존재가 아니라, 삶의 방향을 다시 가르쳐 주는 선생님이었다. 율이는 내가 끝없이 보호하고 일방적으로 희생해야만 하는 존재가 아니었다. 오히려 율이 덕분에 나는 ‘나’를 다시 발견하고 있었다. 지금도 나는 율이 덕에 글을 쓰고 있고, 작은 무대에 나를 다시 세우는 연습을 하고 있다. 아이에 대한 사랑과 내 삶에 대한 존중은 서로를 방해하지 않고 함께 갈 수 있음을, 나는 천천히 배워가는 중이다.

현실은 여전히 쉽지 않다. 카드 명세서에는 ○○ 병원, ○○발달센터, ○○복지관의 이름이 줄줄이 찍혀 있었다. 생활비보다 치료비가 더 클 때도 많았고, 마트에서 장을 보다가 복잡한 마음으로 우유와 과자를 내려놓은 적도 많았다.

병원 대기실 옆자리에 앉았던 엄마가 "다음 달부터는 치료를 중단해야 할 것 같아요."라고 말하던 것을 나는 잊지 못한다. 남 일로 치부할 것이 아니었다. 수많은 가정이 같은 무게를 버티고 있었다. 사회는 "엄마니까 당연하지." 라고 말했지만, 절대 당연하고 가벼운 일이 아니었다.

글을 쓰는 데는 거창한 이유가 있는 것이 아니다. 쓰지 않으면 자꾸 마음에 쌓이는 것이 생기기 때문이다. 매일 설명하기 어려운 순간들이 생기고, 그걸 그냥 흘려보내기엔 아까운 마음이 든다. 처음엔 혼자 보려고 기록하기 시작했는데, 살다 보니 이 이야기가 나만의 것은 아니라는 걸 알게 됐다. 비슷한 하루를 보내는 사람들이 생각보다 훨씬 많았다.

율이 같은 아이들이 조금 더 편하게 살아갈 수 있는 세상이 왔으면 좋겠다는 생각을 자주 한다. 위험한 상황에서 부모가 먼저 뛰지 않아도 되는 곳, 말이 느리다는 이유로 자꾸 설명을 요구받지 않아도 되는 곳, 치료실 앞에서 비용부터 계산하지 않아도 되고, 약관 하나에 하루가 무너지지 않아도 되는 곳 말이다. 엄마 아빠는 무조건 강해져야 한다는 말 대신, "부모도 힘들 수 있다."라는 위로가 놓이는 사회였으면 좋겠다.

비장애 형제들에 대해서도 생각한다. '의젓하다'라는 말 때문에 너무 많은 걸 참아야 하는 아이들, 다름 아닌 양보에 익숙한 아이들. 이 아이들이 아이답게 투정 부리고, 서운해하고, 사랑받으며 자랄 수 있었으면 한다. 특별해서가 아니라, 아이이기 때문에 보호받는 사회라면 더 바랄 게 없겠다.

이 글을 읽고 같은 자리에서 비슷한 고민을 하는 누군가가 "나만 그런 건 아니구나."라고 안도할 수 있으면 좋겠다. 우리의 목소리가 세상에 쌓이다 보면 언젠가는 우리 아이들이 조금 더 숨 쉬기 편한 방향으로 세상이 아주 조금은 움직이지 않을까? 그런 기대를 품고 있다.

어쩌면 이게 내가 율이 엄마로 살아가며 얻은 자연스러운 변화인지도 모른다. 그냥 지나칠 수도 있었던 하루들을 붙잡아 적어 두는 것, 그걸 누군가와 나누는 것. 나는 오늘도 다시 노트북을 켠다. 대단한 사람이어서가 아니라 단지 오늘을 살아가고 있으니까.

이 글을 읽고 있을 당신에게 꼭 전하고 싶다. 혹시 지금 나와 같은 두려움 앞에 서 있다면, 당신은 혼자가 아니다. 아이의 속도가 느리다고 해서 그것이 멈춤을 말하는 것은 아니다. 당신이 느끼는 불안과 고독은 수많은 부모가 지나온 길이고, 그 길 끝에는 반드시 작은 빛이 기다리고 있다. 늦게 피는 꽃이 더 진한 향기를 품는다고 한다. 천천히 걷는 우리 아이들은 더 깊은 이야기를 세상에 선물할 것이다. 우리가 해야 할 일은 그 시간을 기다려 주는 것, 그리고 그 기다림을 '함께의 힘'으로 버텨내는 것이다.

발달 지연, 발달 장애, 자폐 스펙트럼이라는 단어가 낙인이 아닌 보호의 시작이 되었으면 한다. 진단을 받는 순간부터 고립되는 것이 아니라, 자연스럽게 도움의 손길이 이어졌으면 한다. 아이의 상태를 설명할 때마다 눈치를 보지 않아도 되고, "부모가 더 노력해야죠."라는 말로 모든 책임이 돌아오지 않았으면 한다.

내가 바라는 연대는 거창한 것이 아니라 지극히 일상적이고 현실적이다. 학교에 우리 아이의 어려움을 문제로만 보지 않고 먼저 방법을 함께 고민해 주는 선생님이 있는 것, 비용 걱정 때문에 치료를 줄이거나 포기하지 않도록 충분한 시스템이 있는 것, 보험이나 행정 절차 앞에서 부모가 혼자 약관을 해석하며 싸우지 않아도 되고, 이미 같은 길을 지나온 사람들의 정보와 경험이 자연스럽게 전해지는 것. 그런 것들이 모이면, 부모의 희생만으로 겨우 유지되던 우리의 하루가 조금은 덜 버거워지리라고 믿는다.

무엇보다 중요한 건, 이 아이들을 '특별한 경우'로 따로 떼어 놓지 않는 사회의 시선이다. 발달이 느린 아이가 있다는 사실이 누군가에게 불편함이 되지 않고, 설명이 필요한 아이라는 이유로 공간에서 분리되지 않아야 한다. 부모가 미안해하며 고개를 숙이는 대신, "그럴 수 있죠."라는 말을 선뜻 들을 수 있는 분위기가 필요하다. 그렇게 한 번 더 기다려 주고, 한 번 덜 판단하는 태도만으로도 아이와 가족의 하루는 크게 달라진다.

아빠의 이야기, 말보다 행동으로 지켜 주는 사람

율이 아빠는 감정을 쉽게 드러내지 않는 사람이다. 기뻐도 방방 뜨거나 소리를 지르지 않고, 힘들다고 내색하지도 않는다. 그는 언제나 같은 얼굴로 하루를 살아낸다.

율이가 자폐 스펙트럼을 진단받던 날에도 그랬다. 병원에 오기 전부터 나는 유튜브와 인터넷 검색을 수없이 반복하며 무너졌다. 반면 율이 아빠는 조금 굳은 표정이지만 비교적 담담하게 의사의 말을 받아들였다. 의사의 설명이 끝나고 율이 아빠가 내게 건넨 말은 단순했다.

"병원 예약은 해 봤어? 언제부터 치료 시작하면 될까?"

원망도, 당혹감도, 한숨도 없었다. 현실을 곧장 받아들이고 해야 할 일을 찾는 모습이었다.

율이 아빠는 늘 그랬다. 그는 긍정적인 기질로 우리 가족을 이끌었고, '치료는 선택이 아니라 당연한 것'이라는 인식을 누구보다 강하게 가지고 있었다.

"치료하면 좋아진다는데, 하면 되지."

그의 태도는 단순하고 분명했다. 돈과 시간이 많이 든대도 아이만 좋아질 수 있다면 치료 여부는 고민거리가 되지 않았다.

율이 아빠는 매일 같은 일상을 성실히 반복했다. 새벽 다섯 시면 일어나 일을 나가고, 저녁 여섯 시가 넘어 돌아왔다. 휴일도, 연차도, 빨간 날도 없는 20년을 보냈다. 자영업자로서 쉼 없는 하루를 살아내는 사람이었다. 낡고 해진 운동화와 때 묻은 작업복이 그 시간들을 증명했다. 비가 오나 눈이 오나 단 한 번도 늦지 않았고, 허투루 시간을 쓰는 일도 없었다.

퇴근 후 집에 들어와서는 저녁을 준비하거나 율이를 돌보았다. 아이를 안고 땀이 맺히도록 집 안을 빙글빙글 돌며 잠드는 순간까지 육아를 함께했다. 첫째에게 동생으로 인한 스트레스를 주지 않기 위해 내가 전적으로 시간을 쏟았고, 율이 아빠는 자연스럽게 둘째를 맡았다. 집안의 균형은 그렇게 나뉘었다.

하지만 그 성실함 뒤에는 말하지 못한 무게가 있었다. 사업이 어려워져 수입이 끊기다시피 했을 때도 아이의 치료를 멈출 수는 없어 대출을 받았다. 그 빚을 갚아 나가는 과정에서 우리는 종종 다투기도 했다. 내가 지친 마음으로 "이 치료까지 받는 건 무리일까?"라고 조심스럽게 물으면 율이 아빠의 대답은 언제나 같았다.

"해야지. 치료는 해야지."

짧고 단순한 말이었지만, 그 속에는 '내가 더 벌지 못해 미안해. 그래도 치료만큼은 멈출 수 없어.'라는 다짐이 담겨 있었다.

더디지만 결국 변화는 찾아왔다. 율이가 세 살이 다 되어갈 무렵, 신생아 때부터 엄마 외에는 눈 맞춤을 하지 못하던 율이가 정확하게 아빠를 바라보며 두 팔을 벌렸다.

"아빠!"

정확한 발음은 아니지만 아이가 그렇게 말하며 품에 안겼을 때, 율이 아빠는 환하게 웃었다. 지난 세월 쌓인 무게와 피로가 한순간 녹아내리는 듯했다. 그가 묵묵히 버틴 시간들이 결코 헛되지 않았음을 증명하는 순간이었다.

율이 아빠는 복지카드에 선명히 적힌 장애명을 보고도 이렇게 말했다.

"우와, 우리 아들 멋지네."

대부분의 부모라면 가슴 아파 눈을 돌렸을 텐데, 율이 아빠는 피하지 않고 오히려 아이를 자랑스럽게 여겼다. 그 말 속에는 긍지가 담겨 있었다.

이처럼 율이 아빠는 말이 아닌 행동으로 가족을 지켜 온 사람이다. 새벽 출근과 밤늦은 귀가를 반복하면서도, 하루도 늦지 않고 집에 돌아와 아이와 눈을 맞추며 놀아 주는 사람, 육아 휴직이라는 제도가 없는 자영업자의 현실 속에서 묵묵히 버티는 사람. 돌봄을 엄마의 몫으로 바라보는 사회에서 율이 아빠는 기꺼이 팔을 걷고 나섰다.

자영업자 아빠들이 처한 현실은 결코 가볍지 않다. 직장인 아빠라면 눈치가 보이더라도 육아 휴직을 신청해 볼 수 있다. '가능성'이라는 단어를 붙잡아 볼 수 있다. 하지만 자영업자 아빠들에게는 애초에 그런 선택지가 없다. 아이의 발달 지원을 위해 잠시라도 일을 멈추는 순간, 수입이 끊긴다. 누군가는 "그래도 아빠니까 버텨야지. 어쩔 수 없어."라고 말할지도 모른다. 하지만 사실은 제도적 지원이 부재한 사회가 아빠들에게 침묵과 희생을 강요하고 있는 것이다.

이제는 사회가 답해야 한다. 자영업자 아빠들이 아이와 함께할 시간을 보장하는 제도가 필요하다. 육아 휴직과 가족 돌봄 휴가는 모든 부모에게 주어져야 한다. 아이를 돌보는 것은 직업 형태와 무관하게 누구나 누릴 수 있는 권리이기 때문이다. 아이를 품에 안고 빙글빙글 돌던 수많은 밤, 율이 아빠는 의지로 눈을 부릅뜨고 버텼지만, 그 뒤에는 사회의 빈자리가 뚜렷했다.

율이 아빠가 곁에 있었기에 나는 늘 한 발 더 나아갈 수 있었다. 말 대신 행동으로, 걱정 대신 신뢰로 율이 아빠는 가족을 지켜왔다. 앞으로는 율이 아빠에게 모든 것을 의존하지 않아도 되기를, 가족의 무게가 사회의 도움으로 조금은 더 가벼워지기를 바란다. 아빠들이 더 이상 침묵 속에서 버티지 않도록, 우리 모두의 목소리가 제도와 정책으로 이어지기를 바란다.

율이 아빠는 지금도 여전히 조용하지만 명확한 목소리로 우리에게 말하고 있다.

"괜찮아. 함께 가자."

비장애 형제의 이야기, 의젓하지 않아도 돼

첫째 아이는 율이보다 두 살이 많다. 집에서는 까불며 장난도 치고, 엄마에게 매달려 애교도 부린다. 웃음소리도 크고, 장난이 심해 자주 혼나기도 한다. 하루에도 몇 번씩 "그만해."라는 말을 들을 만큼 에너지가 넘치는 아이다. 하지만 집 밖에서는 분위기가 달라진다. 낯선 자리에서는 말을 아끼고, 사람이 많은 곳에서는 시선을 피하곤 한다. 새로운 환경에서는 한 발 먼저 나서기보다 뒤에서 상황을 살피는 편이다.

사람들은 그런 첫째를 보며 종종 이렇게 말한다.

"동생이 있어서 그런지 참 의젓하네요."

언뜻 칭찬처럼 들리는 말이다. 고개를 끄덕이게 되는 순간도 있다. 하지만 엄마인 나는 그 말이 아이에게 얼마나 무거운지 잘 안다. 그 말 속에는 '이 정도는 참아도 되겠지.', '이 아이는 조금 더 양보해도 되겠지.'라는 기대가 섞여 있다. 아이에게 주어지는 선택권은 없다.

율이가 학교에 입학했을 때, 첫째는 엄마아빠 못지않게 불안해했다. 동생이 울고, 발을 구르며 소리를 지르는 장면을 친구들이 보게 될까 늘 신경을 썼다. 실제로 몇몇 아이들은 "네 동생 무섭다.", "공룡 같아."라며 놀리거나 거리를 두기도 했다. 첫째는 또래 아이들처럼 자연스럽게 창피함을 느꼈다. 숨기고 싶고, 모른 척하고 싶은 마음이 드는 것이 당연한 나이였다.

다른 아이들은 굳이 겪지 않아도 될 일을 우리 아이는 피할 수 없이 마주해야 했다. 그런데도 첫째는 화를 내거나 동생을 밀어내지 않았다. 오히려 동생 교실 앞에 서서 까치발을 들고 안을 들여다보며 율이가 울고 있지는 않은지, 선생님께 혼나고 있지는 않은지 살폈다. 율이가 자기 자리에 앉고, 가방을 내려놓은 뒤에도 첫째는 쉽게 자리를 떠나지 못했다. 문 앞에서 한참을 서성이다가 다시 한번 교실 안을 확인하고 나서야 발걸음을 돌렸다. 아무도 시키지 않았는데 스스로 동생을 돌봐야 겠다고 마음먹은 모습이었다.

그 모습은 기특한 동시에 마음이 아팠다. 뛰어놀고, 실수도 하고, 마음껏 떼를 써도 괜찮을 시기에 너무 일찍 어른의 얼굴을 하고 있는 건 아닐까 하는 생각이 들었다. '의젓하다'라는 말은 분명 따뜻한 칭찬이지만, 때로는 아이에게서 아이로서의 권리를 빼앗는 말이 되기도 한다. 감정을 숨기고, 상황을 이해하는 쪽으로 자연스럽게 밀려나게 만드는 말이기도 하다.

그래서 나는 첫째에게 '너도 충분히 사랑받고 있다.'라는 사실을 느끼게 해 주고 싶었다. 말로만 반복할 게 아니라, 피부로 느낄 수 있도록 단둘이 보내는 시간을 만들기 시작했다. 학교에 체험 학습을 신청하고 단둘이 놀이공원이나 수영장, 박물관에 갔다. 그날만큼은 일정도, 이동 경로도, 쉬는 시간도 모두 첫째의 속도에 맞췄다. 동생 이야기는 일부러 꺼내지 않았고, 비교되는 말도 삼켰다.

그렇게 시간을 보내는 동안 첫째는 마음껏 뛰어놀고 웃었다. 보고 싶은 걸 보고, 타고 싶은 걸 타고, 지칠 때까지 놀았다. 그 모습만으로도 충분했다. 그런데 즐거움의 끝에서 첫째는 늘 이렇게 말했다.

"엄마, 다음엔 율이도 데려오자."

그 말에는 동생을 두고 온 것에 대한 미안함이 담겨 있었다. 나는 그 말을 들을 때마다 아이가 어린 나이에 책임감과 죄책감을 짊어지고 있다는 생각에 안쓰러운 마음이 들었다. 즐거운 시간을 보낸 뒤에도 마음 한구석이 완전히 편하지 않은 아이의 얼굴, 그게 오래 마음에 남았다.

율이의 입학 문제로 전학을 하고 새로운 환경에 적응해야 했던 시절에도 첫째는 스스로를 다그치며 애썼다. 새로운 반, 새로운 친구들 속에서 '나도 여기서 잘해야 해.'라고 스스로를 압박하며 하루하루를 버텼다. 그래서 나는 다시 한번 결심했다. 적어도 한 달에 한 번은 무슨 일이 있어도 첫째와 단둘이 시간을 가지겠다고. 아이스크림을 먹으며 별것 아닌 이야기를 나누거나, 공원 벤치에 나란히 앉아 어떤 하루를 보냈는지 털어놓는 그 시간들은 첫째가 잠시나마 다시 '아이의 얼굴'을 되찾는 순간이 되었다. 웃음이 조금 더 가벼워지고, 말수가 늘어나는 걸 보며 나는 그 선택이 틀리지 않았다는 걸 확인하곤 했다.

앞으로 첫째가 더 자라 사춘기에 들어서면 꼭 읽어 주고 싶은 책이 하나 있다. 베치 바이어스Betsy Byars의 《열네 살의 여름The summer of the swans》이라는 소설이다.

주인공 사라는 발달 장애가 있는 동생 찰리를 돌보며 늘 부담과 혼란을 느낀다. 그러던 어느 여름밤 동생이 실종되자 온 힘을 다해 찰리를 찾아 나선다. 그 과정을 통해 사라는 동생을 향한 사랑과 자신을 향한 이해를 동시에 배운다. 나는 이 책을 통해 첫째가 사춘기에 접어들었을 때, 동생 때문에 느끼는 힘듦이나 복잡한 감정이 결코 잘못된 것이 아니라는 걸 알려 주고 싶다. 동생을 사랑하면서도 때로는 지치고, 서운하고, 혼자만의 시간이 필요할 수 있다는 것, 그리고 그런 마음 역시 존중받아야 한다는 사실을 이 이야기를 통해 전해 주고 싶다.

언젠가 이 아이도 동생 때문에, 혹은 부모 때문에 서운한 마음을 느낄지 모른다. 말 못 할 감정이 쌓일 수도 있다. 나는 그 감정을 외면하지 않고 받아 줄 준비가 되어 있다. 그리고 언제나 첫째가 충분히 사랑받고 있다는 것을, 동생 못지않게 귀하고 소중한 존재라는 것을 온전히 느끼게 해 주고 싶다.

비장애 형제도 똑같이 소중하다. 그들도 보호받고, 위로받고, 사랑받아야 할 아이들이다. '의젓하다'라는 말로 짐

을 지지 않아도 되고, 무작정 양보를 강요받지 않아도 된
다. 이 아이들이 아이답게 자랄 수 있는 사회, 나는 그것을
바란다.

기다려 줄게, 너의 속도로

율이에게.

율아, 너는 언제나 너만의 속도로 조용히, 묵묵히 자라오고 있구나. 우리는 종종 네가 멈췄다고 느끼곤 했는데, 사실은 너는 단 한 번도 멈춘 적이 없었어. 네 발걸음은 남들보다 조금 느리지만, 그 안에는 분명한 배움과 성장이 있단다. 천천히, 그리고 꾸준히 쌓아 온 작은 걸음들이 모여 어느새 우리 가족의 마음을 단단히 묶어 주고 있어.

엄마와 아빠는 때때로 조급했단다. 또래 아이들이 훌쩍 자라는 걸 보며 '왜 우리만 뒤처지는 걸까?' 울기도 했어. 네게만 느리게 흘러가는 시간이 원망스러울 때도 있었지. 하지만 네가 처음 눈을 맞춰 준 순간, 서툴지만 "엄마" 하고 나를 부르던 순간, 작은 손으로 우리를 꼭 잡아 주던 순간, 그때마다 알게 되었단다. 세상의 시계는 하나가 아니라는 것, 그리고 네가 걷는 속도도 충분히 의미 있다는 것을.

율아, 모든 아이가 같은 속도를 따라야 하는 건 아니란다. 어떤 아이는 달리기를 잘하고, 어떤 아이는 그림을 잘 그리고, 또 어떤 아이는 노래를 잘하듯이, 어떤 아이는 빨리 자라고 어떤 아이는 조금 느리게 자라는 거야. 모두가 다른 장점을 가지고 있는데, 누가 조금 먼저 도착했다고 해서 더 옳거나 더 가치 있는 건 아니야.

너는 너의 길을 너의 걸음으로 가면 돼. 엄마는 언제까지라도 기다릴 거야. 아빠도, 형도 마찬가지야. 우리 가족 모두가 너와 함께 걷고 싶어 해. 너는 혼자가 아니란다. 네가 천천히 내딛는 그 걸음마다 우리 모두가 발맞춰 걷고 있을 거야.

솔직히 말하면, 엄마는 네 미래가 두려울 때가 많아.

'학교에서 잘 지낼 수 있을까?'

'친구들은 너를 이해해 줄까?'

'네가 커서 혼자 살아갈 수 있을까?'

수없이 많은 질문이 커다란 파도처럼 밀려왔다가 거품처럼 흩어지곤 했어. 다른 아이들이 당연하게 누리는 것들이 우리에겐 도전처럼 느껴지기만 할 때, 엄마는 눈을 감고 네 앞날을 그려 본단다.

시간이 지나며 깨달았어. 아직 오지도 않은 미래를 두려워한다고 해서 오늘 네가 자라는 데 도움이 되지 않는다는 걸. 오히려 지금 네가 보여 주는 작은 변화와 미소, 한 걸음 한 걸음에 집중하는 것이 우리의 내일을 조금씩 빛나게 한다는 걸. 엄마는 이제 미래를 두려워하기보다, 오늘 네가 보여 주는 기적 같은 순간들을 더 믿기로 했단다.

혹시라도 세상이 너를 향해 늦었다고 말한다면 엄마는 네 귀에 그 소리가 들리지 않도록 더 크게 외쳐 줄 거야.

"괜찮아, 율아! 너의 속도로 가면 돼!"

세상이 정한 기준이 전부는 아니란다. 너의 속도에는 네 마음이 담겨 있고, 네 이야기가 있고, 네 빛이 있어. 그 빛은 언젠가 더 많은 사람들에게 닿아 세상의 편견을 바꿀 거야. 엄마는 그렇게 믿어. 네 걸음이 쌓이고 쌓여 길이 되었을 때, 많은 사람들이 너를 통해 배우게 될 거야.

율아, 너는 우리 가족의 선물이고, 작은 스승이야. 네 덕에 우리는 사랑이 무엇인지, 강하다는 게 무엇인지 알게 되었어.

엄마는 강한 사람이 되어서 너를 지키고, 사랑하고, 무엇보다
존중할 거야. 네가 아이답게 자랄 수 있도록 언제까지라도 네
편이 되어 줄 거야. 그러니 천천히 가도 돼. 넘어지면 다시 일
어나면 돼. 우리 가족은 네가 걷는 속도에 맞춰 끝까지 함께
할 거야.

꼭 기억하렴. 온 우주가 너를 사랑한단다.

언제나 네 곁에서

엄마가

부모의 마음도 함께 챙기세요

Q. 발달 지연, 발달 장애, 자폐 스펙트럼 자녀를 키우는 부모의 마음은 어떻게 돌봐야 할까요?

발달 지연, 발달 장애, 자폐 스펙트럼 아이를 키우는 건 마라톤과 같습니다. 그 길을 같이 달리는 보호자들도 달릴 채비를 단단히 해야만 합니다. 그래서 보호자를 위한 가이드 몇 가지를 세우고 자 합니다.

★ 부모의 멘탈을 챙기는 최소한의 규칙

- **하루 5분, 나 자신을 위한 질문하기**

  '오늘 나는 '엄마·아빠'가 아니라 '나 자신'으로서 어떤 감정을 느꼈는가?'

  '오늘 가장 힘들었던 순간은 무엇이었는가?'

  '오늘 나를 웃게 한 사소한 순간은 무엇이었는가?'

  이런 질문에 대한 감정을 짧게라도 메모하는 습관을 들이면

'나는 여전히 존재한다.'라는 감각을 되찾을 수 있습니다.

- **'내가 괜찮아야 아이도 괜찮다'라는 원칙 세우기**

  부모가 무너지면 아이도 불안해집니다. 완벽한 부모보다 '쉬어도 괜찮은 부모'가 되는 것이 중요합니다. 부모의 회복력이 곧 아이의 힘이 됩니다.

- **지지 모임, 부모 커뮤니티 활용하기**

  비슷한 경험을 가진 사람들과 대화를 나누면 '나만 힘든 게 아니구나.'라는 안도감을 느낄 수 있습니다. 다만 너무 의지하거나 자신의 상황과 비교하기 시작하면 오히려 더 힘들어질 수 있으니 필요한 만큼만 참여하세요.

Q. 실제로 부모가 도움을 받을 수 있는 유관 기관에는 무엇이 있을까요?

발달 장애, 자폐 스펙트럼 자녀를 키우는 부모들에게 정서적·제도적 도움을 주는 기관을 정리해 보았습니다. 설명을 읽어 보시고 상황에 맞추어 도움을 요청해 보세요.

★ 장애 아동 가족 지원 기관

- **보건복지부 '발달장애인 부모상담지원'** (www.bokjiro.go.kr)

돌봄 부담을 가지고 있는 부모에게 정서·심리상담 바우처를 지원합니다. 우울감, 불안감 등 부정적 심리 상태를 느낀다면 해당 서비스를 이용해 보세요. 복지로와 주민센터에서 신청 가능합니다.

신청 방법: 복지로 접속 후 상단의 '복지서비스'에서 '서비스 찾기' 선택, 검색창에 '발달장애인 부모상담지원사업'을 입력합니다.

- **'발달장애인 가족휴식지원'**(www.broso.or.kr)

  보호자들의 정서적 안정을 돕기 위해 힐링캠프, 테마 여행 등 가족 휴식 프로그램을 제공합니다. 일부 비용은 바우처로 지원됩니다.

- **지역 발달장애인지원센터**(www.broso.or.kr)

  전국의 장애인지원센터에서 개인별 지원, 주간·방과 후 활동 지원, 부모 교육, 가족 휴식 등의 종합 서비스를 제공합니다.

  신청 방법: 상단 메뉴에서 '지역센터' 또는 '전국센터 안내' 메뉴 클릭, 시·도 선택(서울, 경기, 부산 등), 이후 해당 지역 발달장애인지원센터 정보를 확인합니다.

- **국립특수교육원 '온맘 장애자녀부모지원 종합시스템'**(www.nise.go.kr/onmam)

장애 자녀를 둔 부모를 위한 종합 시스템으로, 건강 교육, 영양 교육, 행동 지원 등의 도움을 받을 수 있습니다. '개발영상', '개발도서' 카테고리에서는 장애 아동 육아에 대한 지식을 얻을 수 있고, '교육·복지제도' 카테고리에서는 실질적인 지원 시스템을 확인할 수 있습니다.

- **전국장애인부모연대**(www.bumo.or.kr)

  전국장애인부모연대는 발달장애 및 장애 아동 가족을 위한 권익 옹호 단체로, 제도 개선 활동과 함께 부모를 위한 다양한 프로그램을 운영하고 있습니다. 지역 지부를 통해 부모 모임에 참여하거나 정책 설명회, 교육 프로그램에 참석하면서 실제 양육 경험과 정보를 나눌 수 있으며, 비슷한 상황에 있는 부모들과 연결될 수 있다는 점에서 큰 도움이 됩니다. 혼자서는 알기 어려운 현실적인 정보도 이곳에서는 자연스럽게 공유됩니다.

- **한국장애인부모회**(www.kpat.or.kr)

  한국장애인부모회는 전국 조직을 기반으로 부모 교육과 양육 지원, 정책 제안 활동을 진행하는 단체입니다. 부모 대상 교육 프로그램이나 상담을 통해 자녀 양육과 진로에 대한 방향을 잡을 수 있고, 지역별 프로그램에 참여하면서 보다 체계적인 도움을 받을 수 있습니다. 처음에는 낯설 수 있지만, 참여해 보면 비슷한 경험을 가진 부모들과 공감대를 형성하며 심리적인 안정감을 얻는 경우가 많습니다.

아빠도 육아에 적극적으로 참여하고 싶어요

Q. '아빠 육아'와 관련된 제도나 프로그램을 알고 싶어요.

아빠의 육아 참여도가 높아지며 관련제도나 프로그램을 찾는 분들이 많아졌습니다. 육아하는 아빠들에게 도움되는 제도를 다음과 같이 정리해 보았으니 힘을 합쳐 씩씩하게 헤쳐 나가 봅시다.

★ 아빠 육아 지원 제도

- **고용노동부 '가족돌봄휴가', '가족돌봄휴직'**(www.moel.go.kr)

  직장 근로자는 연간 일정 기간 가족 돌봄을 위해 휴가나 휴직을 신청할 수 있으며 일부 급여가 지원됩니다. 자영업자는 이 제도에서 제외되지만, 아이의 병원 치료나 등하원 역시 돌봄 사유로 정식 인정되므로 안심하고 사용할 수 있습니다.

- **여성가족부 '가족센터 아빠교육 프로그램'**(www.familynet.or.kr)

  전국 가족센터(212개소)에서 아빠들을 위한 자조 모임, 역할 교육, 아빠와 아이가 함께하는 체험 프로그램을 운영합니다. 아빠들끼리 실제 육아 경험을 나누고 아이와 교감할 기회를 넓히는 데 도움이 됩니다.

신청 방법: 가족센터 포털 접속 후 '참여마당' 카테고리에서 '프로그램 신청' 선택, '아빠' 키워드를 검색합니다.

- **보건복지부 '100인의 아빠단'**

아빠들이 육아 미션을 수행하고 온라인 네트워킹·멘토링을 통해 서로 경험을 나누는 캠페인형 프로그램입니다. 미션 수행 과정에서 자연스럽게 놀이와 돌봄 시간이 늘어납니다.

신청 방법: 거주 지역 시·군청 또는 구청 홈페이지 접속 후 검색창에 '아빠단' 또는 '100인의 아빠단'을 검색합니다.

또는 검색 포털에서 '지역명+아빠단 모집'을 검색합니다. 예를 들어, '부산 100인의 아빠단', '서울 아빠단(2026년부터 200인 규모 확대)'. 아빠단 모집은 보통 연 1회 진행되며, 경쟁률이 높은 편이므로 공고 시기를 놓치지 않는 것이 중요합니다.

- **보건복지부 '초보 아빠를 위한 육아가이드'**(www.nise.go.kr/onmam)

영아기부터 5세까지 아빠가 꼭 알아야 할 발달 정보, 상황별 대처법, 놀이·대화 팁 등을 제시하는 실용 가이드북입니다. 책자와 온라인 자료로 제공되어 언제든 참고할 수 있습니다.

신청 방법: '온맘' 접속 후 '새소식' 카테고리에서 '자료실' 선택, '아빠' 검색, '[보건복지부] 초보아빠를 위한 육아가이드' 다운로드.

- **경기도 아빠 육아 지원 사업**

'아빠하이!', '아빠스쿨', 지역 아빠단, '라떼파파 육아나눔터' 등 다양한 콘텐츠와 모임을 통해 아빠의 적극적인 참여를 장려합니다. 지자체 차원에서 아빠 돌봄 참여를 사회적으로 격려하는 대표적인 사례입니다.

신청 방법: 거주 지역 구청 홈페이지 접속 후 '아빠 육아', '부모교육'을 검색합니다.

- **아버지학교**

전통적인 권위적 아빠상에서 벗어나 감정과 관계 중심의 새로운 아버지 역할을 배우는 성인 교육 프로그램입니다. 국내외에서 활발히 운영 중이며, '말하지 않는 아버지'에서 벗어나 아이와 소통하는 법을 배우는 장으로 자리 잡고 있습니다.

신청 방법: 포털 검색창에 '아버지학교' 입력 후 지역별 교육과정 확인 후 신청, 또는 지역 교회, 가족센터, 지자체 프로그램에서 '아버지학교' 과정 운영 여부를 확인합니다.

비장애 형제자매 어떻게 돌봐야 할까요?

Q. 발달 지연·발달 장애·자폐 스펙트럼 아동의 형제자매, 어떻게 돌봐야 할까요?

비장애 형제자매는 아무래도 많은 것을 양보하며 자라게 되고, 그런 모습이 부모의 마음을 참 아프게 합니다. 어떻게 하면 사랑하는 마음을 제대로 전달할 수 있을까요? 제가 두 아이를 키우며 얻은 몇 가지 팁을 정리해 보았습니다.

★ 비장애 형제자매 그림자 없이 키우기

① '의젓하다'라는 칭찬은 오히려 짐이 된다

비장애 자녀의 성숙한 모습을 당연시 여기거나 과도하게 칭찬하기보다는 아이답게 웃고 울 수 있도록 실질적인 시간과 공간을 보장해 주세요.

② 단둘이 보내는 시간 확보하기

부모와 비장애 자녀만 함께하는 시간을 의도적으로 마련하세

요. 소소한 외출, 대화, 놀이만으로도 '나도 소중하다.'라는 감
각을 되찾을 수 있습니다.

③ 감정 표현 허락하기

장애 형제자매 때문에 화가 나거나 속상한 마음도 드는 것도
자연스러운 일입니다. "너는 참 착하구나. 그런 네가 이해해 주
겠니?"라고 말하는 대신 "정말 속상했겠다. 엄마도 이해해."라
고 말해 주세요.

④ 책임은 어른의 몫

장애 형제자매를 지켜야 한다는 부담을 아이에게 지우지 마세
요. 돌봄은 부모를 비롯한 어른들의 몫임을 분명히 해야 합니
다. 형제자매는 그저 '형·누나·동생'으로 남을 수 있어야 합니다.

⑤ 비장애 형제자매 전용 프로그램 활용하기

장애 아동이 있는 가정에서 비장애 형제자매는 정서적인 부담
과 외로움을 경험하는 경우가 많습니다. 이러한 필요에 따라
최근에는 비장애 형제자매를 위한 다양한 프로그램이 운영되
고 있습니다.

다만, 이 프로그램들은 복지로와 같은 통합 신청 시스템이 아
니라, 지역 장애인가족지원센터를 중심으로 하는 '모집형 프로
그램' 형태로 운영되는 것이 특징입니다. 실제로 각 센터에서

는 자조모임, 체험활동, 멘토링, 방학 특강 등의 프로그램을 일정 기간 동안 모집하여 운영하고 있으며, 모집 시기와 내용은 지역마다 다르게 진행됩니다.

예를 들어, 일부 센터에서는 연초(2~3월)에 연간 프로그램 참여자를 모집하거나 방학 기간에 맞춰 단기 체험 프로그램을 운영하고 연중 특정 시기에 멘토링 프로그램을 별도로 모집하기도 합니다. 이처럼 프로그램은 상시 운영되는 것이 아니라 '공고 확인 후 신청하는 방식'이기 때문에, 정기적으로 정보를 확인하는 것이 중요합니다.

이용 방법: '온맘' 접속 후 '새소식' 카테고리에서 '공지사항' 선택, 검색창에 '비장애 형제자매'를 입력한 뒤 지역 센터 프로그램 공고를 확인한 후 신청합니다.

또는 포털에서 '지역명+장애인가족지원센터+형제자매 프로그램' 검색하여 신청합니다. 예를 들어 '서울 장애인가족지원센터 형제자매 프로그램', '경기 비장애 형제자매 프로그램' 등이 있습니다.

우리는 느리고 특별한 아이를 키웁니다

초판 1쇄 인쇄일 2026년 4월 8일
초판 1쇄 발행일 2026년 4월 22일

지은이 김지아, 이소희

발행인 윤호권

편집 구주연 **디자인** 서진아 **마케팅** 김진규
발행처 ㈜SIGONGSA **주소** 서울시 성동구 광나루로 172 린하우스 4층(우편번호 04791)
대표전화 02-3486-6877 **팩스(주문)** 02-598-4245
홈페이지 www.sigongsa.com / www.sigongjunior.com

ISBN 979-11-7125-923-6 (03810)